COLLECTION SÉRIE NOIRE
Créée par Marcel Duhamel

Parutions du mois

2664. SOLIDAO
(ANNELISE ROUX ET THIERRY LURTON)

2665. LA MORT ET LE LANGAGE DU BONHEUR
(JOHN STRALEY)

2666. ACCUSÉ, COUCHEZ-VOUS !
(MICHEL EMBARECK ET LAURENT LÈGUEVAQUE)

MICHEL EMBARECK
ET LAURENT LÈGUEVAQUE

Accusé, couchez-vous !

Crime parfait et
erreur judiciaire
pour Christine
cordialement

nrf

À Christine, une
plongée sous
les robes
judiciaires…

L. Lèguevaque

GALLIMARD

Vienne 2002

« Le premier droit d'un homme est de se retirer. »

BAUDELAIRE

À Vera
L.L.

Pour Joëlle et Dominique
M.E.

CHAPITRE 1

La ville avance d'un même pas nerveux. Hommes en cravate, hommes sans, lycéens, petites femmes, grosses et maigres, silhouettes d'ordinaire indifférentes et marchant dans autant de directions qu'il y a de trajets de vie. Toutes confluent ce matin vers le palais de Justice et ses colonnes, barreaux de pierre à la porte du vieux quartier commerçant jusqu'à écœurement des stocks. Les fourmis se rassemblent fréquemment de la sorte. Les eaux usées aussi, lorsqu'elles ravinent le sol pour grossir un flot qui s'écoule dans un autre.

Une rigole de gens déborde des artères transversales, se déverse des ruelles, remonte les marches du monumental escalier, se répand dans la salle des pas perdus. Semblables aux pieux d'un ponton dénombrant un ban d'alevins en pleine crue, la douzaine de flics, casquette à visière et gants blancs, en charge de filtrer les entrées semble noyée, submergée. Le vieux tribunal est inondé de monde. La porte à double battant de la salle d'audience endigue cette marée humaine, mais pour combien de temps ? Pas plus d'une demi-heure a priori. Huit heures trente. Le procès débute à neuf heures.

Un brouhaha mêlé de salutations convenues, de conversations bourgeoises tout juste entamées, de « Tiens, salut mon gars, ça y' fait'y ? » emplit le hall. Les voix s'empilent, rebondissent contre le marbre. Façon de se faire entendre, chacun hausse le ton, ajoutant une octave au bourdonnement ambiant. Ici, ville de deuxième division, tout le monde connaît tout le monde, sauf qu'en cette matinée hivernale, le hall ressemble à la Corbeille par temps de hausse du Nasdaq, au soukh de Marrakech ou encore à un tableau figurant les marchands du Temple. L'arrivée se fait en grappes énergiques qui en rejoignent d'autres, figées par l'attente fiévreuse. Les plus anxieux se démanchent le cou, guettent l'ouverture du prétoire et les plaisantins s'amusent à questionner les nerveux, sachant pertinemment qu'ils répondent par pure politesse, par éducation. Ce matin, seul importe le procès. Qu'espèrent au juste inquiets, blagueurs et oiseaux de mauvaise augure ? Des révélations. Les foules, comme les agents du fisc, ne se déplacent jamais pour rien. Seule la rumeur attire ici tant de personnes. Une rumeur qui a couru à la vitesse du vent et enflé à la façon d'un torrent de montagne car chacun s'est plu à la colporter. On a bien répété, à présent il faut jouer. Dans le plus beau des théâtres : la cour d'assises.

Il se murmure depuis plusieurs semaines que l'accusé, muet durant l'enquête et l'instruction, réserve sa parole à l'audience. Il va parler, tout balancer, juteuses magouilles et minables combines qui pourrissent dans son silence fuseront au grand jour en un éclat de vérité révélée. Et le lascar, principal mandataire-liquidateur de la place, en sait long, lui qui mettait à mort les entreprises, coulait ou sauvait des commerces, gros, vrac, détail. Cet homme avait accès aux bilans comptables, évaluait les stocks, pesait les actifs, mesurait les passifs, dénombrait les créanciers. L'accusé, notable empêtré dans les ficelles, trucs et astuces de l'économie locale, appartenait à ce nombre nécessairement peu élevé de décideurs qui, au travers des informations détenues, flinguent des réputations, démontent des façades de respectabilité, éclatent des vitrines sociales. Habituellement, ces gens-là savent se taire. C'est d'ailleurs ce qu'il fait depuis plusieurs mois, depuis que la justice l'accuse d'un crime. Mais il va tout dire, affirme la rumeur. Comment manquer le spectacle ? Ensuite, la ville comptera les morts. Délicieux frisson collectif. Surtout pour ceux qui guettent celui des autres. Nul ne raterait pareille aubaine, tant ici l'ennui coule de source comme une seconde nature.

Une blonde en minijupe fend la foule en éclaireur d'un grand dadais armé d'une caméra presque aussi longue que ses bras. « Laissez-nous travailler, c'est pour Tévé Une », assène-t-elle comme si l'évidence ne se suffisait pas. Et la phrase attire les badauds bien davantage qu'elle ne les repousse. La fille finit par empoigner des hanches, des épaules et les charrie plus loin à la façon d'un docker cerné par des sacs de ciment. Elle s'énerve, veut à tout prix faire filmer l'entrée de la salle d'audience après un travelling sur le hall noir de monde. Déjà neuf heures moins le quart et la journaliste craint de rater l'ouverture des portes à l'image. Un policier s'approche, lui demande d'accrocher au revers de sa veste son accréditation. « Arrêtez de m'emmerder », rugit-elle. « Oh, je viens juste de commencer », répond le flic, paisible expert en provocations verbales délivrées du haut de son autorité. Dans le cercle formé alentour, un gros homme rit de toutes ses dents. Bernard Graphite, patron de la Brasserie du Palais toute proche, appartient indéniablement à la meute des ricanants. Évidemment il est présent parce que la rumeur... Mais à tous ceux rencontrés ici, le restaurateur lâche un tonitruant « Moi, je viens en voisin ! ». En fixant les fesses joliment comprimées de la journaliste, Graphite s'avoue bluffé. Des procès, il en a vu, mais de ce tonneau... Grande cuvée ! Les révélations attendues s'annoncent comme une vraie bénédiction pour l'établissement si la salle des pas perdus tout entière, y compris la mousmé de la télé, s'attable chez lui durant la pause de midi.

Excédée, la journaliste cherche l'accréditation dans son sac, le caméraman tente d'ajuster sa caméra à l'œil gauche alors que la monumentale porte de la salle d'audience grince sur ses gonds.

– Merde !, lance-t-elle.

Les gens se précipitent, se bousculent.

À l'aplomb d'un tableau défraîchi où le roi Salomon menace de trancher un bébé, apparaît Antoine Potest, président de la Cour, suivi des deux juges assesseurs. Il s'assied doctement, la mine grave, mais en réalité il se sent plutôt guilleret, comme toujours lorsque l'attention se focalise sur lui. Depuis l'enfance il adore figurer au centre, qu'on observe ses faits et gestes, qu'on l'écoute. L'audience d'aujourd'hui satisfait son ego d'autant que dans sa longue carrière jamais il n'a affronté un public si nombreux. À cinquante-six ans, ce magistrat d'expérience, fin lettré, admirateur de Mozart, homosexuel mal assumé, songe avant tout à s'amuser de l'affaire. Sa carrière faite, Antoine Potest n'a plus rien à prouver. Pas même à sa mère. Ne lui reste que le simple plaisir de travailler. La salle sent le bois verni, le public, piqueté de blondes platine chichi-gratin en fourrure, s'amasse sous la lumière blanche et froide d'un soleil d'hiver jeté en gerbes par les baies vitrées. Les murmures cèdent le pas au froissement des vestes et pardessus pliés sur les genoux, à celui du parquet qui geint puis s'allège. Le silence s'installe enfin. Neuf heures cinq. Antoine Potest déclare l'audience ouverte. En prononçant les phrases rituelles – les mêmes depuis dix ans pour moi, deux cents ans pour la République, se dit-il –, lui revient en tête la mélodie entraînante d'une chanson populaire, chanson positivement idiote d'ailleurs, de celles qui collent à l'esprit comme le chewing-gum sous la table, « *Attention, mesdames et messieurs, dans un instant, ça va commencer...* ». Le président Potest l'a entendue sans le vouloir, le matin même, chez lui, à la radio. Depuis, sa mémoire ne peut s'en défaire. C'est presque en sifflotant mentalement qu'il annonce : « La Cour prend séance... Garde, faites entrer l'accusé. »

Nom de Dieu, je m'en doutais. Au premier coup d'œil, ils sont venus, ils sont tous là ! Tous. Ou presque. Ne manque que Georgio le fils maudit. Tous venus pour moi, maître Éric Giacometti, où plutôt monsieur Éric Giacometti, suspendu de ses fonctions d'agent ministériel par arrêté préfectoral pour endosser le matricule 54-46 à la maison d'arrêt. Giacometti tout court depuis dix-huit mois. Derrière mes cils baissés sur les menottes qu'ouvre un flic, je les devine. Quel carnet d'adresses ! Là-bas, à droite, le banquier Jean-Paul Louchard et madame, je veux dire Françoise, consultante obligée de tout dîner en ville pour sa collection de livres de cuisine et une science du plan de table affûtée par des années de prêts négociés à l'heure des alcools. À côté, Paul Castaneda, patron de la concession Peugeot, en costume laine et soie acheté chez Auclair. Qui parmi eux songerait à s'habiller ailleurs que chez le vénérable Auclair ? Plus loin les Monge... Ah, les Monge, catholiques de gauche, lui patron de SVP Dépannage, toujours prêt à embaucher, comment dit-il ? ah oui, une personne à mobilité réduite ou un jeune issu des quartiers. « Quartier », le mot désormais amputé de l'adjectif « difficile », résonne dans leur bouche à la manière d'une mortification. Pour y puiser d'innombrables intérimaires, Paul Monge connaît mieux que quiconque les contrats emploi-solidarité, les formations qualifiantes en alternance, bref les mille et une façons de faire cracher aux pouvoirs publics le salaire des exclus réinsérés par ses soins. Et elle, délicieuse Delphine Monge, infatigable militante du collectif Ali Djamal Youssef, pauv' Af'o-Amé'icain demeu'é, victime d'un procès bâclé, d'un avocat alcoolique commis d'office, de faux témoins racistes payés par un shérif parti à la pêche aux voix. Sans les Monge, un samedi soir entre amis serait déprimant d'unanimité. Au fond, je ne devrais pas les brocarder. Dix contre un que Paul et Delphine me présumeront innocent jusqu'à l'heure du verdict. Ensuite... Ensuite, ils se rangeront très démocratiquement à l'avis du jury populaire.

Après dix-huit mois d'un silence seulement haché par le cliquetis des clefs, la résonance des pas sur les passerelles métalliques et le grognement caverneux des serrures, le brouhaha de la salle m'étourdit. Les flashs des photographes crépitent à trois pas, bulles d'ambre en fusion dont l'éclat trace un pointillé mouvant sur ma rétine. Un instant, la foule m'apparaît en négatif et, au-delà de la barre, les robes des magistrats s'animent d'un zigzag magnétique. Oh, mais je ne les avais pas aperçus, ceux-là, Florent Laville et Jean-Claude Puisatier, rénovateurs de la vieille ville, habiles prestigidateurs de la loi Malraux, promoteurs capables de transformer un cloître du XVIIIe en résidence étudiante avec amortissement Périssol pour les parents. Petite mine, Florent... Le teint olivâtre, dirait-on. Je comprends que dans ses yeux brûle la veilleuse de l'enfer et que sa femme ne l'accompagne pas. Carmen ! Grand Dieu... Ça s'était passé tellement vite. Appelons ça un accident de chasse. Un couple de perdreaux qui décanille de sous les fougères, une branche morte et crac, la malheureuse s'était tordu le pied à quelques mètres de moi. Lui, posté à l'autre extrémité du domaine, n'avait rien vu, rien entendu, et nous étions rentrés, Carmen et moi, clopin-clopant, son bras passé sur mes épaules, jusqu'au pavillon, rendez-vous d'après battue. Avec une cheville à l'équerre et la douleur au bord des lèvres, sa femme n'affûtait pas précisément le désir qui, en une ou deux occasions, m'avait parcouru à l'approche de son chemisier généreux. La perspective d'une bonne fortune flottait si loin de moi que j'avais évoqué sans la moindre ironie la ramure promise à son mari par la faute de ce stupide accident. Pendant que je cassais les armes pour en extraire les cartouches, Carmen (quelle mouche avait piqué ses parents pour prénommer ainsi cette fille rousse et crémeuse ?) s'était affalée dans un fauteuil, sa jambe endolorie posée sur une table basse. La bottine délacée, la chaussette précautionneusement roulée jusqu'à la pointe du pied, la cheville m'était apparue salement gonflée à l'abri d'un voile de nylon ambré. Je dis un voile à dessein. C'en était. Sous un pantalon de velours, elle ne portait pas un de ces collants qui moulent la jambe d'une seconde peau mais une caresse de chez... que sais-je ?, Dior ?, Saint Laurent ?, un nuage, un brouillard de nylon dont le crissement lorsqu'elle vérifia le fonctionnement de ses orteils me colla le frisson. J'avoue y avoir posé la main avec la prémonition d'y brûler le vernis de convenances qui, une minute plus tôt, bardait nos épidermes d'une indifférence polie. Nous étions restés ainsi dans le silence de souffrances respectives, le souffle à cheval sur une hésitation entre le raisonnable et le temps que les autres mettraient à remarquer notre absence. Mais lorsqu'elle se renversa, nuque cassée au dossier du rocking-chair, pendant que j'éprouvais le fuselé de son mollet sous l'étoffe du pantalon, la certitude de l'inévitable balaya tout souci de l'horloge.

Ciel, me revient à l'oreille et surtout au bas-ventre, le gémissement électrique de la sombre couture verticale lorsque mes ongles s'y étaient crochés pour ouvrir le rideau d'un théâtre où les dialogues tenaient en un long soupir. Au travers du carreau de la porte d'entrée, Pierrick Louventeau nous avaient découverts emboîtés en une levrette mécanisée par le balancement du fauteuil, son collant porté à cru et fendu en zigzag sur ses fesses, deux pains frais que j'enfournais à l'aveugle. Évidemment, la scène était restée entre lui et nous. Pas plus de deux jours. Où se cache Louventeau ? Serait-il Georgio le fils maudit, le seul absent à l'heure de l'hallali ? Ah, le voilà qui s'agite derrière les deux promoteurs puis se penche à l'oreille de Florent Laville, ce cocu dont les lèvres frémissent. Il préfère sa place à la mienne, je présume. Parce qu'il ne sait pas tout. Il ne sait même rien. Juste un accident de chasse, tu parles... Tiens, Graphite lui aussi, s'est déplacé, à l'affût du non-dit, des bribes de vérité qu'il recolle derrière son comptoir avant d'en diffuser les secrets approximatifs entre un demi et tu-m'as-compris... Ils sont venus, ils sont tous là. Pour moi. Georgio, le fils maudit.

Depuis l'extrémité du banc de presse, à tout juste un pas du procureur, François Azoulay, le chroniqueur judiciaire de *L'Indépendant* observe l'accusé dont les paupières cillent sans fuir devant le crépitement des flashs. Il a demandé à son photographe de « faire la salle » et le banc des témoins au cas où un déballage d'infamie éclabousserait tel ou tel visage d'un public où Rotary,

Lion's Club et francs-maçons affichés côtoient une foule de charognards anonymes posés au bord du panier à linge sale. Cul, fric, gros pardessus, le dossier recèle plus d'ingrédients qu'il n'en faut pour vendre du papier, doubler les ventes à l'impulsion demain. Et pourtant, le journaliste demeure sceptique. Il a couvert suffisamment d'assises pour savoir qu'en circonstances ordinaires, lorsque le client collabore avec les psymachins, archéologues de l'intimité, la vérité ressort parfois de l'audience comme elle y était entrée : en tenue de camouflage. Aujourd'hui, avec un lascar qui se tait depuis des mois et maître Stacko, petit prince local du bonneteau judiciaire, il y a toutes les chances pour que chacun reparte avec un mystère sous le bras. Le journaliste, connu pour savoir renvoyer les ascenseurs, éprouve une sorte de gratitude toute professionnelle envers le mandataire. Ne lui avait-il pas discrètement refilé les comptes dans le rouge de l'hôtel des Lys lorsque l'établissement en redressement judiciaire avait été victime d'un incendie criminel en pleine journée ? Et puis Azoulay, ancien batteur d'un groupe punk, rangé des voitures à coups de traites et de crédit revolving (un mot qui claque à son esprit comme la pochette du premier Eddie & The Hot Rods), éprouvera toujours une tendresse d'émeutier dormant envers tout ce qui perturbe l'ordre des choses. En la bouclant, Giacometti renvoie la justice pénale à ses études. Au procureur maintenant d'apporter la charge de la preuve sans pouvoir s'appuyer, comme on dit au tennis, sur les balles de l'adversaire. Avec un cadavre introuvable et Stacko en face, le duel s'annonce au couteau. Pour appartenir à la tribu des divorcés plombés par l'indemnité compensatoire, le journaliste connaît la perfidie de l'avocat que sa première femme avait eu le nez de choisir. En prime, il le soupçonne d'avoir trombiné cette salope de Sylvie. Comme pour chasser le souvenir d'un passé à la godille, son regard se fixe à nouveau sur Giacometti. Dix-huit mois de prison ne l'ont guère changé. Les cheveux certes blanchis et le teint plus délavé qu'à l'époque des vacances à l'île de Ré ou à Courchevel. Un type plutôt passe-partout, ni tombeur ni jovial notable bedonnant, rien en tout cas qui justifie la réputation de chaud lapin mécanique dont les cancans l'affublent depuis son arrestation. Toujours ce visage mince, indifférent, proche de l'ennui et des yeux gris, absents, qui confortent le pessimisme du journaliste.

Le président Potest annonce le tirage au sort du jury. Dans le public les lèvres se figent. Sur son banc, au quatrième rang, Bernard Graphite regrette de ne s'être jamais inscrit sur les listes électorales où l'on puise le cercle des jurés. « Tu parles d'un cadeau, se dit-il. Être de ceux qui entendront en direct le déballage public du mandataire-liquidateur. Et devront juger... » Graphite, qui délaisse parfois sa brasserie lors des assises, connaît la musique. Les bienheureux dont les noms seront piochés au hasard se lèveront et traverseront la salle pour rejoindre les juges, assis en hauteur. Durant ce court trajet, ils pourront être renvoyés par l'un des avocats ou le procureur qu'ici, on nomme aussi « avocat général » ou « ministère public ».

Le président plonge la main dans une toque renversée,

en retire un papier, lit un nom. Un maigrichon s'ébroue et approche à toute allure. « Récusé ! » Maître Stacko, avocat de la défense, s'est exprimé d'un ton neutre, sans même lever un cil sur la haridelle pressée, qui reste interdite, comme fauchée debout, bras ballants. Le président Potest lui intime l'ordre de retourner à sa place. Le greffier, imperturbable, recommence l'opération. Une dame âgée, digne, s'avance. Stacko la récuse. Ainsi encore trois fois de suite, en rafale, un robuste agriculteur, une jeune femme à lunettes, un motard, casque à la main, tous réexpédiés au banc de bois alors qu'un fauteuil Louis XIII capitonné leur tendait les bras.

Le public tousse, chuchote. « Silence », ordonne Antoine Potest. À son avis, lui seul jouit de la situation. Il n'autoriserait même pas une mouche à voler dans cette enceinte sans son autorisation écrite. « Si ça commence à déraper, on n'a pas fini de se déporter dans l'immense virage d'un procès d'assises délicat », affirme régulièrement cet homme raffiné lors de ses conférences à l'École de la magistrature avant d'ajouter intérieurement, « Je suis la vedette, nul ne me privera du rôle... Que les autres, public, avocat et cet imbécile de procureur contiennent leurs émotions. Et qu'ils me laissent composer... Je suis trop mélomane pour supporter une fausse note ». Cette profession de foi formulée à nouveau, Potest s'interroge sur le comportement de Stacko qu'il estime aussi profondément intelligent qu'intrinsèquement anarchiste. Quel détail lui a déplu dans ces cinq exemplaires de médiocrité humaine sortis des rangs à l'appel de leur nom ? Pour Antoine, les génies n'existent qu'à la condition d'être musiciens. Qu'on leur confie la chose publique et c'est la chienlit assurée. Seuls les crétins authentiques servent correctement les causes communes. Les autres, ceux que la nature a dotés de vrais cerveaux, ne songent qu'à l'essentiel : eux-mêmes. Quel but poursuit Stacko en paralysant le début du tirage au sort ? La question tarabuste Potest.

Stacko savoure ce premier effet. Maigres avant-bras posés sur le pupitre en bois rouge, il se tient les mains jointes, tête basse d'intellectuel surmené, tournant ostensiblement le dos à son client. Robe d'audience savamment froissée, barbe de quelques jours, Stacko n'a jamais compris pourquoi le négligé passait pour un symbole de gauche, mais depuis qu'il a décidé de se situer très à gauche, l'avocat ne se rase que tous les quatre jours. Il a récusé les cinq premiers candidats jurés pour que les autres éprouvent envers lui une sympathie a priori. « Ce type qui récuse tout le monde, m'a gardé, moi ! » penseront-ils. Quiconque ressent un brin de sympathie adopte envers vous une attitude conciliante. Stacko sait que personne ne connaît la règle de droit qui l'autorise à cinq récusations seulement. Il est ainsi fait, persuadé de la supériorité de la ruse sur la profondeur d'âme, du calcul sur la spontanéité. Et il s'y tient.

Neuf heures quarante-cinq. Le tirage au sort des jurés continue. Le parquet en chêne craque sous leurs pas et, dans la salle borgne, les rayons du soleil trouent l'air d'une clarté crayeuse. L'huissier éteint le lustre au-dessus d'un public confit dans un silence religieux. La blonde de la télévision rassemble son courage, se lève précautionneusement et glisse sans bruit vers la sortie avec l'intention d'en griller une. À peine le seuil franchi, elle attrape son briquet rose et, visage incliné, allume la Marlboro coincée à ses lèvres.

– Allez fumer dehors ! aboie le même policier que tout à l'heure, en faction dans la salle des pas perdus.

Une valise sous chaque œil, une cicatrice sur la joue gauche, l'uniforme raide, il semble homme à ne pas contrarier. Hésitation, soupir, et elle tortille des fesses jusqu'aux portes du palais. Sur le parvis, le vent lui glace les jambes, si bien qu'après quelques bouffées, le mégot atterrit sur le damier du dallage. Au-delà des colonnes qui barrent le parvis, la ville paraît endormie, engourdie par l'hiver, semblable à une cité minière sur une gravure du siècle dernier. À deux pas, dans les rues piétonnes et chic clignotent pourtant des enseignes, mais l'atmosphère limpide, les sifflements de la bise font planer des relents mortifères. La blonde se souvient du cardigan abandonné sur son banc et pivote, découvrant le policier toujours piqué dans l'encadrement de la porte, regard fixe qu'il détourne subitement, mine embarrassée. Au passage, elle le sent frémir sous l'effet du Jardin de Bagatelle, parfum offert par un sous-directeur de la chaîne, homme de goût puisqu'il l'a invitée au Ritz, le bar tout d'abord puis chambre 115 (comme un signe de son futur indice de grand reporter ?) même qu'elle y a volé un cendrier aux armes de l'hôtel, deux savonnettes et le bain moussant Roger Gallet. De retour dans la salle, la journaliste avise l'avocat de la défense, là-bas, à l'aplomb des juges et des jurés, toujours accoudé dans la même pose presque insolente. Biquounet ce garçon, sorte de fils naturel de Dutronc et Jane Birkin, avec son air de mec surbooké qui se fout du tiers comme du quart. En fait, maître Stacko mijote déjà sa prochaine intervention ou, doit-on dire, sa prochaine interruption. Comme le répète souvent son bâtonnier, Stacko n'est pas de connivence avec la justice, il n'est pas non plus un avocat de rupture : il se veut l'avocat de Stacko. Et pour l'instant, il joue la partie avec un coup d'avance en se demandant combien de temps tiendra son avantage.

Le droit de récusation des jurés, l'avocat général ne l'a pas utilisé. Cet homme sérieux ne l'eût fait que s'il avait trouvé motif grave pour agir. Pour l'heure, l'avocat général Savary observe, statuaire, le début de ce qu'il appelle en tête-à-tête avec son épouse, « le tapis rouge... si tout se passe bien ». Du rouge sur sa robe d'audience, Ernest Savary en rêve. Dans la magistrature, lorsque l'hermine blanche repose sur du rouge, les augures annoncent l'appartenance à la cour d'appel, ou, mieux, de Cassation. On quitte les basses-cours pour les hautes. Les poules n'y sont pas plus nombreuses, ni plus luxueuses, mais quand le rouge est mis, le traitement commence par le chiffre trois – pas trois cent mille. Trente mille, mais ça fait rêver tout de même – quand le rouge est mis, les avocats chevronnés sortent leurs meilleurs bordeaux pour vous recevoir – ni petrus, ni cheval-blanc mais ça plaît quand même. En clair, Ernest Savary voit rouge, parce qu'il croit voir loin. Pour rougir, ce procureur accepterait de répandre du sang, celui qui coule quand on décapite la racaille. Il veut discuter avec des ténors, être consulté sur un point de réforme, écrire dans *La Gazette du Palais*, faire avancer ou reculer le droit. Un rêve incompréhensible pour qui n'a jamais vu des étudiants en droit s'échiner sur un recueil de jurisprudence, ou rire à l'étouffée aux récits des plus audacieux, ceux qui ratonnent les fils d'ouvriers arabes perdus dans les bars du centre-ville. Pris au jeu de l'étude de la loi, ils se confondent avec elle, la prennent pour ce qu'elle n'est pas : un pâle reflet de la société bourgeoise, un écrit sacralisant tout ce que disent et pensent leurs cons de parents. Savary descend de cet arbre stérile, la fac de droit. Nourri au jurisclasseur, portant à l'extrême droite – la fausse, pas celle des pauvres en colère, celle des gosses de riches qui se cherchent –, bref élevé au grain de la bêtise, Savary est un juriste carriériste. Pas un méchant homme. Juste quelqu'un qui croit en tout ce qu'il lit, pourvu que ce soit dans des petits livres rouges, ceux de la vénérable maison Dalloz. Savary croit que le monde peut se codifier. Aujourd'hui, à l'aise et taiseux dans ce théâtre solennel, il lisse sa robe d'audience, noire et lustrée, bientôt rouge, en observant la Cour : neuf hommes et femmes – les jurés – assis de part et d'autre des trois autres – les juges –, surplombant les avocats. Et dans le box, l'accusé, à la fois écrasé et essentiel au décor.

Savary à qui le président donne du « Monsieur l'avocat général » long comme le bras, je l'ai fréquenté en tant que mandataire-liquidateur. Aucun doute sur ce qu'il espère ici. Du galon. Et par conséquent ma peau. Auréolé d'une réputation de fin pénaliste et redoutable procureur (le verbe haut, l'épithète venimeuse, la formule fracassante), il s'était brièvement imposé au tribunal de commerce à la place de l'habituel et sommeilleux substitut Garnier, lorsque la presse s'était entichée des affaires financières. Quelques questions révélatrices de lacunes sidérales en droit commercial avaient cependant ruiné ses velléités suspicieuses et surtout l'ambition de se faire reluire en une de *L'Indépendant*. Deux mois plus tard, Garnier avait repris ses siestes du mardi après-midi, bercé par le ronron des arrangements tacites. Comme par hasard ce fouille-merde d'Azoulay se tient au plus près de Savary. Jusqu'à présent, le journaliste y est allé sur des œufs, davantage, à mon avis, sous la pression de ses patrons que par respect de la présomption d'innocence. Le pédégé de *L'Indépendant* craignait-il que je balance en lieu et place d'un droit de réponse les notes de frais découvertes lors de la liquidation de la filiale « Guides Urbains » ? Tiens, Azoulay m'adresse une esquisse de sourire. Ce crétin s'imagine peut-être que je lui ai glissé les comptes de l'hôtel des Lys par grandeur d'âme ! En fait, il n'en avait obtenu que la moitié (sans même s'en rendre compte) mais leur publication avait conduit le propriétaire à s'asseoir en silence sur les millions que mon ami Jean-Louis Faucheux, l'assureur, rechignait à verser. À vrai dire, j'ai autant confiance en la justice de mon pays qu'en l'objectivité et l'indépendance de la presse.

CHAPITRE 2

Place du Palais, déserte en ce milieu de matinée, des ouvriers ravalent un immeuble dont le tuffeau s'écaille telle l'écorce d'un platane. De l'échafaudage descend la voix d'une radio évoquant le procès Giacometti, « ce notable accusé de l'enlèvement et du meurtre d'une jeune femme qui aurait été son esclave. Le cadavre, rappelons-le, n'a jamais été découvert. La correspondance de notre envoyé spécial... ».

Le son dévale la façade, survole les pavés, décolle, glisse entre les colonnes du palais de Justice, filant comme un ronronnement qui parvient, épuisé, aux policiers en faction. De l'autre côté des portes de la salle d'audience roule, plus nettement, la voix du greffier en chef.

À l'intérieur, le public silencieux se cramponne à la voix haut perchée du fonctionnaire, qui, papier en main, égrène l'acte d'accusation comme on affûte un couteau à désosser. « Dans le courant de l'année 1999, la rumeur naissait puis courait la ville, qui affirmait que le mandataire-liquidateur Giacometti détenait captive une jeune femme à laquelle il faisait subir des sévices sexuels. Deux dénonciations anonymes, reprenant cette accusation, parvenaient sur le bureau du procureur de la République du tribunal de Céans – les 3 et 8 février –, lesquelles étaient classées sans suite, comme dénuées de fondement selon toute vraisemblance, et probablement motivées par la volonté de nuire à ce praticien ayant eu en charge de nombreuses et délicates faillites. »

Les auteurs des lettres se trouvent certainement dans la salle. Là, en contrebas du box, où, hors de mon champ de vision, quelqu'un sanglote et se mouche depuis que le greffier s'est levé. Évidemment, par curiosité, j'aimerais connaître mes ennemis, les mobiles de leur ressentiment. Qui sont-ils ? Un commerçant sur la paille ? Un industriel failli ? Aucune importance car avant leurs dénonciations circulait déjà la rumeur. Et celle-ci provenait obligatoirement d'un cercle restreint. Où réside le plaisir d'un délateur ? Sa volonté de nuire possède neuf chances sur dix de finir au panier, non par dégoût du destinataire mais en raison du trop-plein. Une lettre anonyme exploitable ne tient pas en quelques mots griffonnés ou maladroitement collés mais s'apparente à un dossier presque bouclé. Si les fonctionnaires devaient se coltiner les ragots quotidiens, ils n'auraient plus le temps d'arriver en retard et de partir en avance. Les inspecteurs du fisc, le préfet, le procureur, les juges d'instruction ne lèvent une paupière que sur du solide, fausses factures photocopiées par la comptable, plan détaillé des frigos où la grande surface planque la viande remballée. Les autres dénonciations, misérables et abondantes, pleuvent, paraît-il, pire qu'en 1943, presque un sac postal chaque matin auprès de chaque service répressif de l'État ! Dans ces conditions, quitte à faire encabaner son voisin tripoteur, l'amant supposé de sa femme, voire un rival commercial, autant se tapir au cœur de la vengeance, vivre sa haine dans un fauteuil d'orchestre. Pas question de courage, juste de jouissance. Pourquoi ne pas s'épancher auprès d'un flic qui, en retour, ne manque jamais de tenir l'informateur au courant de l'enquête. La lettre anonyme appartient à la panoplie des foutriquets, peine-à-jouir et gagne-petit. La salle ne m'offre que l'embarras du choix.

« Toutefois, le 12 février de l'année dernière, poursuit le greffier, un rapport des renseignements généraux était adressé à monsieur le Préfet, qui le transmettait sans délai au parquet, au motif que « les faits dénoncés méritaient enquête approfondie, sauf avis contraire et motivé ». Aux termes de cet écrit, des investigations avaient été diligentées sur les activités du mandataire-liquidateur Giacometti, en raison de ses fréquents déplacements dans des pays d'Europe de l'Est, associés à cette circonstance que, ces derniers temps, plusieurs investisseurs originaires ou ressortissants de ces mêmes pays rachetaient des entreprises en difficulté dont, précisément, Giacometti ès qualité avait en charge d'accompagner le redressement ou la liquidation. De sorte qu'une suspicion voyait le jour à l'encontre du sieur Giacometti :

il informait ou favorisait des repreneurs étrangers dans des actes de rachat d'entreprises françaises en difficulté.

« Les minutieuses investigations opérées par le service des renseignements généraux n'avéraient cependant pas le caractère délictueux de ces agissements, mais confirmaient que le sieur Giacometti entretenait une filière essentiellement yougoslave de rachat d'entreprises locales ou régionales en difficulté. Il était à noter à cet égard qu'une vérification exhaustive des comptes bancaires de l'intéressé démentait la thèse de commissions occultes versées par les repreneurs étrangers au mandataire-liquidateur français. L'hypothèse était donc réservée dans le rapport que "Giacometti ait agi dans le seul souci, somme toute légitime, d'accélérer les procédures collectives en augmentant les rangs des investisseurs, par l'appel à des fonds étrangers provenant de pays découvrant et développant un nouveau capitalisme". »

Quelle prétention ! Une vérification exhaustive de mes comptes bancaires... Dès la première réquisition parvenue sur son bureau, Frédéric Lepécheur, le directeur du service Investissements immobiliers au Crédit agricole, m'avait prévenu. Quelques mois plus tôt, un coup de gel tardif avait mis sur le flanc la moitié des producteurs de pommes du département et je m'étais débrouillé pour que la banque retrouve ses billes en vitesse, trois liquidations contre un redressement judiciaire. Elle avait hérité d'hectares de vergers tous situés en périphérie de bourgs où le maire – souvent artisan – trouvait son compte dans une modification du plan d'occupation des sols. Des terres agricoles ne représentent rien d'autre qu'un lotissement virtuel. « Une vérification exhaustive... » Aurais-je déposé une mallette de billets suspects au guichet de mon agence habituelle ? Pour qui me prenaient-ils ? L'argent ne partait même pas de l'Est mais du Comptoir fiduciaire luxembourgeois pour grimper sur le manège doré des panaméennes avec un crochet par l'Export Bank de Turk and Kaïcos puis retour à la Caisse impériale des dépôts de Vaduz après un court crochet par le stock exchange de Port Vila. Que les juges d'instruction curieux d'effectuer le périple ne se bercent pas d'illusions. Ils en reviendraient dans le même état que moi de Budapest, Bucarest ou Belgrade. Les mains vides, l'esprit encore embrumé de Veuve Clicquot rosé, de blondes aux jambes interminables, aux seins qui dégorgent du Wonderbra comme une grappe d'arbouses, à la chatte plus lisse qu'une actrice porno en couveuse. Là, je déraille... Bon Dieu, pourquoi ces filles qui nous faisaient les poches et le reste dans les cabarets, ressemblaient-elles systématiquement à des surfeuses californiennes ? Moi, je préfère les femmes pas forcément épilées sous les bras, avec de vrais seins et non deux pomelos cueillis de la veille et un tatouage sur la fesse droite. Saloperie de mondialisation. Et l'autre, là en bas, qui continue à chialer.

Le greffier se racle la gorge, trempe ses lèvres au bord d'un gobelet d'eau : « En revanche, ces investigations avaient amené le service enquêteur à prendre en filature le mandataire-liquidateur, notamment lors de ses retours de voyage. Ce qui entraînait cette constatation, qualifiée de sidérante par le rédacteur du procès-verbal de synthèse, et opérée le 18 janvier de l'an dernier, ci-après retranscrite in extenso : Nous trouvant en position de surveillance discrète devant la sortie B Hall 4 de l'aéroport Roissy-Charles-De-Gaulle, avisons Giacometti, débarquant d'un vol international en provenance de Pristina, qui, après avoir accompli les formalités douanières, sort de l'aéroport nanti d'un seul mais volumineux bagage de marque Vuitton. Là, il semble attendre quelques minutes. Puis arrive une jeune femme très blonde, d'environ un mètre soixante-quinze pour un poids estimé de cinquante-cinq kilogrammes, court vêtue, jupe de daim, chemisier rouge et moiré, à noter des bottines élégantes et montantes d'un type inconnu en France. Elle semble désorientée, cherche quelqu'un du regard. Apercevons Giacometti se dirigeant vers elle, la saisissant par le bras et l'entraînant fermement vers le parking voyageur(départ A niveau moins trois), sans mot dire. Suivons le couple, qui embarque à bord d'un véhicule de marque BMW de couleur grise déjà identifié comme appartenant à Giacometti (cf pièce nº 34). Nous approchant en prenant garde de ne pas être repéré des intéressés, en avançant clefs en main pour pouvoir être pris pour un usager du parking, dans le dessein de relever d'éventuels éléments d'identification supplémentaires de l'accompagnatrice de Giacometti, passons à pied à la gauche du véhicule dont s'agit, lequel ne démarre pas encore à ce moment précis. Là, constatons qu'à peine embarquée dans cette voiture, la jeune femme dispense à Giacometti une caresse buccale intime (fellation). Certifions avoir entrevu ce fait sans équivoque possible, eu égard aux mouvements entrepris par la tête de la jeune femme (de bas en haut, en répétition), sur le sexe dénudé de Giacometti que nous avons nettement distingué au travers de la vitre avant gauche. Sans désemparer, quittons le parking et procédons, notre qualité déclinée et notre carte de police présentée aux services compétents de l'aéroport, aux constatations et déductions suivantes :

– La jeune femme blonde se nomme Milena FITORE sur les documents de la compagnie aérienne.

– L'identité FITORE est sans doute fantaisiste, le consulat démentant l'existence pour l'état civil yougoslave de cette personne, en tout cas avec les éléments d'état civil par elle produits lors du passage en douane (l'hypothèse de faux documents d'identité contrefaits de manière suffisante pour berner les douaniers n'étant pas à exclure).

– Elle a pris le même vol que Giacometti ; quoiqu'ils aient voyagé sur des sièges éloignés l'un de l'autre dans l'appareil, ils ont vraisemblablement fait mine de ne pas se connaître jusqu'après le débarquement. Il est à noter que tout ce processus rappelle les procédés habituellement décrits en matière de trafic d'êtres humains au sens où l'entend la convention de Schengen ; le service enquêteur n'exclut donc pas avoir été le témoin direct d'un acte passé dans le cadre d'un réseau international de prostitution ayant recours à l'immigration clandestine, dont les pays d'Europe de l'Est sont une filière aujourd'hui classique. »

Que pèserait ma parole de forçat contre celle d'un flic ? Moins que l'aboiement d'un chien. Pourquoi parler ? Dire quoi ? La vérité ? Clamer mon innocence contre toute évidence ? Personne, pas même des enquêteurs de l'Inspection générale des Services, ne me croirait. Ils savent pourtant que les flics respirent le même air pollué que le reste de la planète et que les années de service leur chevillent les vices de la procédure au corps. Aussi discret qu'un Taliban au salon de la lingerie, celui qui surveillait l'arrivée du vol nous avait effectivement suivis jusqu'à la voiture. Il s'était même permis de prendre l'ascenseur à nos côtés, dégagé, bras ballants, allumette aux dents. Parvenu au troisième sous-sol, ce type entre deux âges, allure de bibliothécaire, avait fait mine de chercher sa voiture, arpentant les allées un trousseau de clefs à la main. Je ne lui avais guère prêté attention jusqu'à ce que dans la pénombre d'un pilier en béton, à deux pas, luise par intermittence un reflet métallique. Le rapport ne comportait aucune erreur. Juste une omission. Pendant que Milena s'activait, le flic nous observait avec si peu de discrétion que je l'avais pris pour un voyeur. Son poignet métronome à hauteur de braguette faisait clignoter une gourmette argentée. Tranquille comme Baptiste, le gars s'était tiré sur le lacet puis, après un pudique (honteux ?) quart de tour, expédié la tête dans les étoiles en une virgule de foutre contre le pilier. Et on me traite de malade, de dégénéré, de bouc lubrique ! Loin de moi l'idée d'accabler ce faux témoin durement ému par le spectacle que nous lui offrions. Son assermentation l'élevait au rang de saint Jean Bouche d'or sans pour autant le protéger des tentations, ni vaincre ses démons. Il ne valait simplement pas mieux que la moyenne de l'humanité mâle, celle qui lutte contre ses vices ou s'y adonne sans retenue avec, pour aiguilleurs entre enfer et paradis, des druides vêtus en curés ou en hommes de loi. Stacko et le procureur portent autant la robe que la soutane.

Centimètre par centimètre, je glisse vers la gauche. Bon enfant, le gardien de la paix comprend mon intention d'identifier l'inconnue éplorée dans l'angle mort à l'apique du box.

Continuant sa lecture monocorde sans même se racler la gorge, le greffier ânonne la suite de l'acte d'accusation : « Associé à la rumeur persistante, cet écrit officiel amenait le procureur de la République à ouvrir le 13 mars une information judiciaire. Le magistrat instructeur confiait l'enquête au service régional de police judiciaire, dont les procès-verbaux établissaient qu'effectivement et contre toute attente, le sieur Giacometti retenait dans une villa éloignée de son domicile d'une distance mesurée de 88 kilomètres, villa louée pour l'occasion et sise à l'écart de la commune villageoise de Ploucastel, une jeune femme blonde, qu'il rejoignait certains soirs, à une fréquence d'environ trois ou quatre fois par semaine, en cet endroit pour le moins isolé. Il est à relever que durant ces filatures, les officiers de police judiciaire démontraient que, prétextant des réunions maçonniques, le sieur Giacometti dupait son épouse pour gagner la villa et violenter la jeune femme (cf. album photographique sous cote), que le policier des renseignements généraux identifiera formellement comme étant celle aperçue lors des opérations de surveillance à l'aéroport de Roissy-Charles-De-Gaulle, plusieurs semaines plus tôt. »

Duper son épouse... La justice utilise de ces mots. Jamais je ne m'y ferai. La tromper certes... Au sens horizontal et vertical du terme elle avait porté sa croix. Mais la duper... À aucun moment, Marie-Ange n'a été dupe. Elle savait ! À combien de scènes ai-je eu droit les premières années, chantage au divorce dans le meilleur des cas, au suicide les jours de basses pressions ? Elle avait compris à l'instant même où nos regards s'étaient croisés dans cette boîte de nuit fréquentée par la bande d'étudiants collectionneurs de jupons, à laquelle j'appartenais. N'était-elle pas fière, à l'époque, d'avoir harponné un membre de l' « Escadron de l'amour » comme nous nous surnommions ? La notion de fidélité ne m'avait effleuré que le temps d'arriver aux fiançailles. À leur veille plus exactement. Dans le living de ses parents, je devais en compagnie de Clotilde, sa sœur aînée, accrocher quelques frises et décorations liliales aux branches d'un lustre. Autant dire un supplice pour un garçon de ma condition, sujet au vertige à la simple vue d'un tabouret. Malgré mon courage à deux mains et une fierté de futur beau-frère en bandoulière, il m'avait fallu lui céder la place sur l'escabeau. Nous étions en juin, sa peau portait témoignage d'une fréquentation assidue de la piscine et seul le pépiement des mésanges troublait la quiétude de la maison vide. Au pied de l'engin, l'ourlet de sa jupe plissée me chatouillait le bout du nez tandis que je lui passais des angelots dorés en papier crépon avec le creux poplité de jambes au cordeau pour ligne d'horizon. Un instant, je m'étais demandé si les deux sœurs en vertu d'un pacte secret avaient décidé de me mettre à l'épreuve jusqu'à ce que Clotilde change de stratégie. Plutôt que d'attraper les ridicules figurines par un fléchissement de l'épaule et du buste, elle s'accroupit en une posture provocante doublée d'un sourire au soufre. Sa culotte boxer en satin ivoire bâillait où elle n'aurait pas dû, dessinant une sorte d'accroche-cœur chatoyant sur un mystère en friche. Ç'aurait pu être un accident, un geste de bienvenue ou un inconscient quiproquo, mais la manœuvre réitérée à trois reprises finit par étouffer mes derniers scrupules. Perchée là-haut, « mordille, oui, mordille encore », les jambes de part et d'autre de l'arceau auquel elle se cramponnait, « salaud, tu remontes », la belle-sœur m'avait offert sur le bout de la langue son fruit des quatre saisons, un abricot mûr à point dont la consommation fut remise de quelques semaines par le coup de patin intempestif d'une voiture sur les gravillons de la cour. Bien qu'il ne sorte pas de la famille, cet avant-goût de l'adultère aux effluves marins conforta mon appétit de grand large.

De là à duper Marie-Ange... J'entends le verbe glisser de ses lèvres comme sur un tapis de roses lors des auditions devant le juge d'instruction. Il n'existait meilleur moyen dans sa rhétorique jésuite d'introduire la suite, de cracher les épines de mon appartenance à la loge

Eurêka. Avec moi, le diable en tablier tapait sur le ventre de ses culs-bénits de parents. Aujourd'hui, son père devait plus que jamais regretter l'abolition de la peine de mort, châtiment qu'à son avis méritait tout franc-maçon. Même intègre et convaincu. Race à laquelle, effectivement, je n'appartenais pas. Dans mon cas, ex-beau-papa, celui qui s'enchaînait aux portes du pavillon d'orthogénie de l'hôpital pour dénoncer le massacre des fœtus, n'aurait rien contre une réhabilitation de la roue, du garrot, pourquoi pas du pilori ?

Tiens, encore un petit effort et le flic coincé contre le flanc du box me permettra de jeter un cil à la verticale de notre perchoir.

La porte de la salle d'audience s'ouvre à la volée sur trois jeunes Blacks coiffés de bonnets qu'un flic leur ordonne d'enlever immédiatement. Un instant perturbé par l'incident, le greffier reprend. « Il était donc décidé de procéder le 24 juin courant à l'interpellation de la femme connue sous le nom de FITORE Milena. Las, lors de ces opérations, les policiers ne trouvaient pas la jeune femme blonde, apparemment absente de la villa que pourtant, selon les surveillances effectuées, elle ne quittait pratiquement jamais. La fouille de la villa permettait cependant la découverte de nombreux vêtements et sous-vêtements féminins suggestifs en cuir ainsi que du matériel spécialisé dit sadomasochiste (fouets à lanières, liens, lacets et objets de sûreté, menottes – notamment).

« Or, dans la même matinée du 24 juin, monsieur le directeur de cabinet de monsieur le ministre des Affaires étrangères contactait officiellement monsieur le procureur de la République, afin de provoquer en urgence un rendez-vous entre ce magistrat et Mme Isufi KOLINA, ressortissante serbe, secrétaire d'État à l'action humanitaire en Serbie. Cette figure de l'action internationale en faveur de la paix déclarait vouloir être reçue par les magistrats du tribunal de Céans pour une raison qu'elle qualifiait ainsi : "une démarche personnelle et douloureuse". De fait, elle expliquait à monsieur le procureur de la République qui la recevait le jour même à 17 heures vouloir dénoncer les faits suivants : sa fille, Milena KOLINA, âgée de vingt-trois ans, avait été enlevée au début de l'année par un réseau de proxénètes kosovars agissant depuis la Yougoslavie et la Belgique, lesquels l'avaient vendue à un notable français, mandataire-liquidateur traitant avec eux des affaires au demeurant légales, mais pour la rétribution desquelles il avait réclamé d'"être payé en chair fraîche", selon les termes employée par Mme Kolina. Sa propre fille, Milena Kolina, avait été entraînée dans ce réseau, via sa passion pour l'Internet, et par l'effet "d'un désœuvrement, voire un désespoir, qui hélas touche à l'heure actuelle toute la jeunesse de Serbie", précisait-elle avec de grands accents de souffrance. C'était ainsi que, selon elle, Milena Kolina s'était retrouvée, le 18 janvier, sur le territoire français, forcée d'obéir aux exigences sexuelles d'un notable du cru. Un rapprochement était immédiatement opéré avec le dossier d'instruction en cours.

« En urgence, le magistrat instructeur entendait Mme Isufi Kolina, qui lui répétait ces éléments en expliquant détenir toutes ces informations grâce au travail effectué par un détective privé de renom, moscovite de son état, qu'elle avait engagé pour retrouver trace de sa fille, et dont elle tenait le rapport d'enquête à disposition de la justice française.

Conscient des devoirs de sa charge, le juge d'instruction demandait alors aux enquêteurs de police judiciaire d'opérer une nouvelle perquisition, plus approfondie encore, laquelle amenait la macabre découverte suivante : du sang, que les expertises diligentées par le juge d'instruction révéleront correspondre à celui de Milena KOLINA, était découvert dans le corridor en quantité non négligeable (77 millimètres cubes en tout) entre les lames du parquet de la villa de Ploucastel. Une dent humaine, dont les expertises odontologiques démontreront qu'elle appartenait à Milena Kolina, était enfouie dans le sol devant de porte de la villa. »

Sidérant ! Jamais je ne l'en aurais crue capable. Elle se tient là, oui, au premier rang, dans le recoin formé par le box, hors de vue du président Potest. Le serre-tête écossais m'a suffi à l'identifier. Et elle chiale comme si chaque mot de l'acte d'accusation lui perforait le cœur d'un clou rouillé, épandait des tessons brûlants sous ses lourdes fesses blanches et grumeleuses. Marie-Ange, ma femme, pardon, mon ex-femme, déverse des larmes de sang dont chaque perle glisse dans un mouchoir brodé telle une année de réclusion criminelle supplémentaire. Seule une volonté d'essorer la moindre goutte de miséricorde dont les jurés pourraient faire preuve l'a conduite à se couvrir ainsi la tête de cendres, à s'offrir en spectacle. Ce sera ma dernière échéance, le solde de tout compte. Pour l'instant, elle n'a obtenu que le divorce en guise de provision, villa, voitures, garde des enfants, maison de campagne et le saint-frusquin à six zéros des comptes bancaires officiels. Qu'espère-t-elle en prime ? Ma tête sur une pique place du Palais ? Et l'autre benêt de procureur qui la couve du regard. Veux-tu que je te raconte, Savary, quelques anecdotes au sujet de l'ex-madame Giacometti, oh, rien de graveleux, rassure-toi, quoique... Au début de notre mariage et alors que nous ne roulions pas sur l'or, elle occupait un poste à mi-temps de comptable aux Docks de l'Ouest. Toute seule, comme une grande, Marie-Ange avait trouvé le truc du stock surévalué, celui de la ratatouille en boîte et des croquettes pour chiens. Je m'en souviens à l'instant, elle s'était rédigé un chèque-fournisseur coquet afin que nous partions en vacances au Club. Dommage qu'il y ait prescription et que toi, Savary, ne piges que couic à ces tours de passe-passe. Contuse de remords, elle s'en était toutefois confessée une dizaine d'années plus tard au père Léonard.

À l'approche des derniers feuillets de l'acte d'accusation, la voix du greffier prend des tours. « Interpellé le lendemain, en son étude, le sieur Giacometti se refusait à faire une quelconque déclaration, et ce dès le début de sa garde à vue. Il maintenait cette attitude mutique durant l'instruction judiciaire, y compris et surtout lorsque le magistrat instructeur lui notifiait les charges supplétives pour séquestration de plus de sept jours et assassinat de Milena KOLINA, sur la base des accablants éléments à charge précités. Ce silence gardé empêchait la découverte du cadavre entier de Milena KOLINA ; les fouilles entreprises dans les bois environnant la luxueuse villa de Ploucastel ne donnaient aucun résultat, étant entendu que l'immensité du site n'autorisait hélas pas une recherche complète.

« Comme la presse d'outre-Quiévrain s'en est fait l'écho, les révélations de la dame Isufi KOLINA étaient cependant avérées par d'autres biais, puisque, sur la base des éléments apportés par l'enquête privée du détective moscovite, après dénonciation officielle par les magistrats français au procureur général d'Anvers, plusieurs Albanais du Kosovo étaient interpellés, et condamnés en Belgique à de lourdes peines pour proxénétisme aggravé par l'appel à main- d'œuvre clandestine. Certains d'entre eux, en dépit de leurs dénégations, étaient convaincus par la justice belge d'avoir à titre habituel attiré depuis Sarajevo et d'autres villes de jeunes ressortissantes serbes, via la ville de Pristina, jusqu'en France (par des vols internationaux à destination de l'aéroport Roissy-Charles-de-Gaulle), pour y être livrées à de riches Français qui n'ont hélas pu être identifiés en raison du mutisme ou de la patente mauvaise foi des protagonistes impliqués.

C'est en vertu des éléments à charge ci-après rappelés que le sieur Giacometti est accusé d'avoir, sur l'ensemble du territoire national et en tout cas dans le ressort de notre juridiction, depuis le 18 janvier de l'an passé et en tout cas depuis temps non prescrit, séquestré pendant une durée supérieure à une semaine, commis un ou plusieurs actes de pénétration sexuelle par violence contrainte ou surprise, et enfin perpétré un homicide avec préméditation, sur la personne de Milena KOLINA, jeune majeure de vingt-trois ans. »

Bernard Graphite se sent mal à l'aise. Pas physiquement. Il s'estime plutôt confortablement assis, sur ces bancs en bois qui lui rappellent la communale où tous les petits républicains usaient leur froc égalitairement. Lui qui attendait des révélations publiques devine, à l'écoute du baratin du greffier, Giacometti fait comme le camembert servi en fin de mois à la Brasserie du Palais – cette saloperie de frigo allemand refroidit autant qu'un vin chaud en plein été. L'accusé n'ouvrira jamais son tiroir à secrets. Giacometti, écrabouillé comme une araignée sous une sandale, n'est plus en mesure d'emmerder qui que ce soit. Quoi qu'il dise, avec le costume de bagnard que le greffier vient de lui vendre en dégriffé, ses dénégations porteront autant que la voix de Jacques Lantier. « Vous qui passiez sans me voir », chantonne intérieurement le gros Graphite, avant d'ajouter « Et sans m'entendre ». Il l'a connu flamboyant, le mandataire-liquidateur qui dînait chez lui chaque semaine avec une nouvelle poule et partait à l'hôtel du Grand Nord, tenu par son frère, Pierre Graphite, jamais avare de confidences... Les stagiaires du cabinet valsaient dans les draps du frangin à une telle vitesse que Pierrot affirmait reconnaître toutes les chattes de la fac de droit à travers les taches. Pourquoi craindre les propos de Giacometti ? Avec autant d'éléments à charge, comme disent les gens de justice lorsqu'ils discutent à table, leur grand procès se résumera aux derniers sacrements. Reste que le restaurateur aimerait connaître le fin mot de l'histoire. Pourquoi faire traverser l'Europe à une pute, juste pour la niquer et la zigouiller après ? Jamais son frangin n'a entendu de quelconques coups de martinet, de cravache, ni gémir de douleur lorsque le mandataire s'offrait une heure de détente. Giacometti n'est ni un saint ni un tordu sexuel. Ou alors tout le monde l'est. Graphite s'englue dans sa pensée, manque de mots et sent confusément que, plus cette vérité lui échappe, plus il veut la cerner. Le restaurateur scrute les traits de l'accusé, toujours désespérément muet. Soudain lui revient la voix de Giacometti, ce timbre rieur et passionné lorsqu'en plusieurs occasions ils avaient discuté des bières servies à la brasserie. Le mandataire-liquidateur en connaissait un rayon sur la question et cultivait des avis très arrêtés, voire péremptoires que Graphite avait un moment crus dictés par ce dandysme des bourgeois à dévoiler une fibre popu. À rebrousse-poil de la mode portée vers les pisses d'âne anglaises, américaines, mexicaines ou australiennes, il ne jurait que par les brasseries de l'Est, munichoises ou tchèques comme l'authentique Budweiser. Un jour, sur le comptoir, Giacometti, plus heureux qu'un gosse au pied du sapin, avait même sorti de son cartable un pack d'une bière alsacienne inconnue de Graphite, de la Schutzenberger Jubilator. Cette mousse à la discrète amertume tenait la rampe, longue en bouche, équilibrée en alcool, si bien que depuis elle figurait à la carte de la brasserie.

Graphite soupire et promet de se servir en apéro une Jubilator à la santé de Giacometti, esthète en blondes, gourmand et gourmet. Rien d'un soiffard ni peut-être d'un assassin. À qui se fier ?

CHAPITRE 3

L'acte d'accusation a enseveli la salle comme une coulée de lave, figeant souffles et convictions. Une partie de l'assistance tourne alors son attention sur Giacometti avec la prémonition que le coup de merlin ne suffira pas à l'abattre. Bien au contraire. Il va parler, se défendre, bien qu'un tel chapelet d'ignominies laisse peu de place au doute. Cette certitude apporte de l'eau à leur moulin. Quitte à couler, autant entraîner avec soi l'équipage de tout ce qui compte en ville, lodens et Barbour balancés à sa suite dans la fosse à purin. « Moi, à sa place... », se dit Graphite pour qui la politique de la terre brûlée constituerait une réaction logique. Conscient de l'effet assassin produit par le résumé des faits, le président Potest laisse planer un silence sans craindre que l'accusé s'y engouffre. « Des révélations, mes fesses ! » En vingt ans de carrière, dont cinq de présidence de cour d'assises, il n'a jamais connu d'audience apportant de quelconques vérités fracassantes... Surtout lorsqu'elles étaient annoncées. Le public espère l'impossible, une vérité précipitée d'un seul jet, une révélation, comme la lumière traversant le vitrail et venant arroser l'athée dont on se demande ce qu'il mijote derrière un pilier de cathédrale. En clair, Antoine Potest sait ce que la salle aveugle ignore : aucune dissipation des brouillards matinaux à attendre aujourd'hui, ni cet après-midi, ni avant, ni après le verdict. Le procès allume un projecteur, le braque sur l'accusé. Puis l'éteint. Et en rallume un autre, rayon dirigé cette fois sur la victime. Ensuite, au tour du procureur. Puis, la défense sera sous les feux de la rampe avant le grand black-out du délibéré. Le jour revient sous la lumineuse forme d'une Cour entière, neuf ampoules et trois lustres, qui rendent un verdict éclatant. *Ite Missa Est.* La clarté apportée aux sauvages, les juges rentrent se coucher satisfaits. Aussi simple que ça. Le peuple a soif de lumière divine, de vérité, et comme nul ne les détient l'homme a inventé l'éclairage électrique. Pourquoi diable ce grand théâtre permettrait-il à la vérité objective de s'exprimer ? La vérité judiciaire se suffit à elle-même, comme le courant alternatif. Antoine Potest en a conscience. Pour lui, un procès d'assises demeure une affaire de juriste. Il s'agit d'apporter la démonstration qu'une faute a été commise, qu'elle est imputable à l'accusé passible d'une sanction, laquelle sert de base à une réparation calculée en regard de barèmes déterminés par les moyennes des jurisprudence des cours d'appel. « Tout fait quelconque de l'homme, qui cause à autrui un dommage, oblige celui par la faute duquel il est arrivé, à le réparer. » Le style quasi pascalien de l'article 1382 du code civil exprime mieux qu'un long discours la justice des hommes. Une entreprise mathématique tendant à mettre les comportements et les sentiments en équation. Apparié, déguisé, jusqu'au grand-guignolesque parfois, mais bien fichu. Comme à Broadway, chacun en prend plein les yeux, en sort émerveillé, sans se soucier de la machinerie. « Je suis un électricien habillé en prêtre », se répète Antoine Potest. Un peu de manipulation mentale, quelques effets d'optique et l'illusion sera parfaite. C'est un métier. Mais son cynisme de professionnel ne l'empêche pas de posséder sa propre vision du meurtre. Lui aussi a songé à lever le voile, à voir la gueule de la vérité. Il l'a même fait jusqu'à la trouver moche. Très moche. Mieux vaut qu'elle marche dans l'ombre.

Antoine Potest adore le cinématographe. En 1976, encore jeune et beau, accompagné de son petit ami de l'époque – Georges, maintenant responsable du rayon home vidéo au BHV –, il appartenait à la cohue des invités à la première cannoise de *L'Empire des sens*. Ce film sulfureux de Naguisha Oshima créait un tel tumulte que tout cinéphile se devait d'y être. Antoine voulait voir en gros plan le sexe turgescent de Tatsuya Fuji, séduisant acteur japonais. Et puis il aimait déjà, à l'époque, les crimes de sang. L'histoire, tirée d'un fait divers de 1936 et filmée sur l'archipel même où il s'était déroulé, décrit la découverte par un couple de la passion charnelle jusqu'à ce que l'ivresse sexuelle détourne le cours serein de leur vie. Kichi le restaurateur et Sada sa servante errent d'hôtels en hôtels, multipliant les expériences ensorielles. Il faut l'esprit obscurci d'un policier des RG pour ne pas comprendre que l'impassible Giacometti est tombé dans ce piège. Cette petite salope et lui s'aimaient, à l'évidence, de ce genre d'amour brûlant qui motive une créature à sucer avec avidité, dès qu'elle se trouve à l'abri dans un parking. Qui, sinon l'amour, permet à la blonde de rester cloîtrée dans une villa isolée en attendant gainée de cuir qu'il vienne enfin la prendre, pour éteindre le feu de sa croupe avec l'eau de ses entrailles ? Qui, sinon l'amour, permet à un bourgeois quadragénaire d'inventer des prétextes pour avaler cent soixante-quinze kilomètres sans fatigue ? Les Orientaux, moins refoulés que les judeo-chrétiens, possèdent une autre clairvoyance sur la question. Antoine Potest en demeure persuadé, lui qui depuis vingt ans s'efforce de taire ses pulsions pour éviter d'être rangé dans un placard à pédales, au ministère ou ailleurs. Le film japonais démontre brillamment comment le couple glisse du déchaînement sexuel, forcément plus violent à chaque fois, jusqu'à l'idée de la mort. Cette scène où Sada étrangle son amant dans un éclair de jouissance, Potest s'en souvient encore avec délice. Le regard du président s'échappe vers Giacometti. Cet échalas gris a découvert l'orgasme définitif, le seul qui vaille la peine une fois qu'on a tout essayé : la mort. Dans le pantalon de Potest se dresse une molle érection. Lui aussi a connu ça. Dans la chambre d'hôtel niçoise, après la projection (à Cannes c'était sold-out, même en ce temps-là), Georges et lui s'étaient furieusement enfilés, ses doigts autour du cou de son amant qui, s'escrimant comme une diablesse, lui explosait le fion aussi fort qu'il lui serrait les jugulaires. Antoine faillit en mourir de plaisir. Georges d'en mourir tout court. Il s'en était fallu d'un poil de cul, rêve Potest, à présent complètement dilaté du bas. Lire et relire le dossier jusqu'à ce que la vérité jaillisse, blanche, laiteuse, voilà la méthode secrète de Potest.

En abîmant ses yeux pour la centième fois sur l'album de surveillance photographique de la police judiciaire, Potest a compris cette évidence : Giacometti, shooté par le flic paparazzi au travers d'une fenêtre, à genoux sur le lit, enfoncé jusqu'à la hampe dans l'anus de Milena, avec ses avant-bras musclés noués en croix autour du cou de la blonde... Ce cliché volé n'était pas assez net pour qu'on le distinguât nettement. Mais en s'approchant très très près, les deux points blancs, là, au centre : les yeux révulsés de Milena, un double détail de peur et de sexe, sur un instantané flouté. Giacometti a dû commencer doucement. « Je te serre le kiki, laisse-moi faire, tu vas voir comme c'est bon, petite traînée moldo-valaque. » Au fil des jours et des nuits d'échanges de mauvaises odeurs, de sueur et de folie orgasmique, ça l'a tellement travaillé qu'il a fini par y arriver. Le bourgeois de province a crevé sa poupée gonflable. « Ça lui apprendra à utiliser de la marchandise importée », s'amuse Potest à part lui pour débander un peu, tout en se remémorant le dos rond et la nuque épaisse du gaillard Georges.

C'est qu'il a un procès à diriger, l'Antoine. S'agit pas de rêvasser... Tout de même, la vérité fait du bien quand ça se dégonfle.

La journaliste de Tévé Une s'est subrepticement approchée de l'avocat après la lecture de l'acte d'accusation. Sans caméra, donc sans intérêt. Dans un sourire séraphique, elle sollicite une interview lors de la prochaine suspension de séance. Stacko, humant l'odeur chic de cette Parisienne bien campée, la trouve instantanément attirante. Sourire canaille, il répond d'un trait – et sincèrement – « Quand tu veux. »

– Qu'est-ce tu comptes faire dans ce procès ?, chuchote t-elle, s'estimant autorisée au tutoiement par la flèche de familiarité.

– Sauver l'avocat ! ricane Stacko

Nettement moins oriental que le président de la Cour, le défenseur préfère cigare et cognac au yoga comme relaxation. Son opinion sur le crime se tient très loin de celle développée par Potest. Et pour cause. Professionnellement, l'avocat appartient définitivement à la catégorie des « sans opinion ». Stacko a appris à se moquer éperdument des motivations de ses clients. Peu lui chaut les raisons pour lesquelles on égorge, enlève ou viole. Il défend, quoi qu'il advienne et ne souhaite pas s'embarrasser du pourquoi. C'est un combattant et non un penseur. L'inverse d'un réflexif, d'un introverti. Un soldat réfléchit-il aux raisons d'une guerre ? Stacko accepte le mystère du mutisme de Giacometti et se fait un devoir de s'en contrefoutre. Ce client qui ne le force pas à plaider dans tel ou tel sens, qui le laisse libre d'improviser, l'arrange. Il a imaginé différents angles d'attaque. Le fond de ce dossier ne serait-il pas celui des sans-papiers ? Parce que la société actuelle interdit les amours avec une étrangère irrégulière, Giacometti, bourgeois coincé par les conventions, en a été réduit au meurtre. Pourquoi pas ? Les sans-papiers font recette, du strict point de vue médiatique et idéologique, du moins pour quelques années encore. Autre possibilité : « Giacometti est innocent, les innocents sont aussi à la mode, de manière assez durable semble-t-il, puisque l'affaire Callas date de... de quel siècle déjà ? » Stacko tâtonne, étudie les positions de chacun et tire au mortier. Au jugé. À aucun moment il ne s'est préoccupé de la psyché de Giacometti. Lorsqu'il n'y réfléchit pas, il le croit vaguement coupable, sans savoir de quoi exactement, puisque son client ferme sa gueule. Et il fait bien dans la mesure où le système vous coince toujours par le verbe. C'est écrit. Le verbe vient même avant la lumière. Ou après. Les dates ne sont pas le point fort de Stacko. En toute hypothèse, l'avocat se soucie de la logique des actes de son client autant que du devenir des Bahias.

Il importe désormais de gagner le procès ou plutôt de ne pas le perdre. Il refuse de rougir d'une défaite annoncée. Ou pas franchement, pas massivement. L'essentiel, c'est le rose, pour cet enragé d'opérette.

« Sauver l'avocat. » Il l'a craché de bonne foi entre ses dents, assez fort pour que j'entende. Voilà au moins une raison de torpiller ce Stacko. Une semaine après mon arrestation, le bâtonnier avait commis d'office une avocate sur le modèle de celles des séries télé, la trentaine, brune énergique, besace Lancel à l'épaule et carré Hermès noué à la bandoulière. L'initiative partait d'un bon sentiment. Quel qu'il fût. Donner la chance de sa vie à une pénaliste prometteuse ou offrir, à défaut d'un ténor du barreau, une distraction à ce taulard mutique porté sur les femmes. Celle-ci récusée d'un plissement de nez, d'autres lui avaient succédé, la plupart physiquement intelligentes, véritable casting au cours duquel certaines ne lésinèrent pas sur les effets de robe entrouverte au-dessus du genou découvert. Espéraient-elles que sur un coup de cœur je jouerais le jeu, faisant mousser leur nom composé (accoler son patronyme à celui du mari constitue ici l'ultime coquetterie du féminisme emperlousé) aux actualités régionales ? Trois mois plus tard, las de me présumer innocent, le bâtonnier avait désigné Stacko. Impossible de ne pas connaître sa réputation d'artificier indifférent aux dégâts mais prompt à charger la société de tous les maux. Faire remonter la responsabilité d'un feu de friteuse à Parmentier constitue devant micros et caméras son raisonnement favori. Stacko noie le poisson sous couvert d'une sociologie de bazar. Je me souviens avoir entendu lors d'un dîner un de ses confrères méditer sur cette science de la défense dialectique. « En quel dialecte plaide-t-il ? » s'était alors étonnée l'épouse de Pierre Darmont, le notaire de l'avenue des Vosges. Qualité essentielle à mes yeux, cet hurluberlu n'appartient à aucune loge locale. Quel vénérable prendrait le risque d'initier au secret maçonnique un type qui s'assied ouvertement sur le secret professionnel ? Nulle possibilité donc pour mes anciens amis d'exercer sur lui de discrètes pressions susceptibles de m'enfoncer davantage. Dans les limites de sa fonction, Stacko me protège et je lui fournis la meilleure tribune de sa carrière. Il a compris depuis belle lurette qu'un procès perdu dans le prétoire se gagne deux minutes plus tard, sur les marches du palais lorsque les journalistes quêtent une réaction. Pendant que les politiques dénoncent la capacité de nuisance des médias, lui les caresse dans le sens du poil, utilise sans vergogne leur puissance autonettoyante, leur capacité d'absolution. Claironner qu'il « interjette immédiatement appel d'une décision honteuse » comble ses clients, aussi sec réhabilités en victimes de juges obtus. Et dans la comptabilité d'un cabinet, les procès perdus ne pèsent pas lourd au regard d'un condamné satisfait de s'être fait entendre à défaut d'avoir été écouté.

Pour l'instant, mon silence ne lui a guère donné de grain à moudre et, aux dernières nouvelles, celles de nos salutations matinales à la souricière, Stacko espère me (se ?) sauver la mise en « plaidant le médical, le choc psychologique ». Ultime pirouette stratégique. À six reprises, au parloir de la prison, il m'a accueilli par un tonitruant « Ça y est, j'ai pigé ». Les jours pairs, son intuition le portait à me croire innocent, cible d'un quelconque complot, mafia russe, patronat local, mari jaloux. Les jours impairs, il me préférait coupable mais avec des circonstances atténuantes, passion, chantage, pulsion criminelle. Désormais, me voilà dingo.

Le président Potest consulte ses assesseurs à tour de rôle, messe basse dont profite la salle pour échanger ses premières sensations. « Pas vraiment d'idée sur la question », répond Bernard Graphite à un voisin penché vers lui avec aux lèvres ce « Pourquoi le mandataire-liquidateur a-t-il dessoudé cette fille ? » qui hante le public. L'avocat général Savary possède la réponse. Sa réponse.

Catholique chaque dimanche pluvieux, il se souvient avoir croisé Giacometti sortant de la messe de communion d'une nièce, trois ans auparavant, saboulé comme un milord, Hugo Boss laine et soie, cravate Armani, autant de frivolités que Savary ne se paiera jamais. Il l'avait également aperçu chez Merdet, le restaurateur plus décoré qu'un empereur africain, et n'ignore pas que Giacometti, selon les avis les plus autorisés, glanés çà et là au tribunal de commerce, ou chez Graphite ou ailleurs, passe pour un magouilleur hors pair, grand bourgeois immiscé dans de lucratives combines. Impliqué dans des montages financiers tels que, si Savary parvenait à les décrypter, sa carrière serait faite. Nommé illico premier substitut financier au parquet de Paris, ou, mieux encore, à Versailles, la Cour des rois, depuis toujours. Mais Savary s'avoue incapable de déchiffrer un bilan comptable, de suivre un circuit financier mondialisé, bref de comprendre une arnaque moderne. Fâcheux handicap qui plombe son cursus honorum, en ces temps où les magistrats ne sortent du lot qu'en mettant en examen du col blanc astucieux. À ses débuts, tirer à vue les pue-la-sueur alcooliques (cinq points) et les gauchistes (dix points) payait. Il suffisait aux procureurs de les tenir en respect au bout d'un P.V. puis de presser la détente du code pénal pour prendre du galon. Aujourd'hui l'équation s'avère plus ambiguë. Il doit les aligner lorsqu'ils débordent sur la voie publique afin que le garde des Sceaux comptabilise les procédures dans la colonne « justice de proximité qui contribue à la lutte contre le sentiment d'insécurité ». Concomitamment, la Chancellerie exige de « combattre le blanchiment » en démontant « la délinquance financière » utilisant les délits d'initiés – parce que c'est devenu mal, d'être initié ? – et ces fichus abus de biens sociaux ou du crédit d'une société voire de recel de truc de chose auxquels personne ne pige que couic sauf ceux qui les commettent.

Balivernes et billevesées dépassant largement les pauvres capacités que Savary, dans le secret de la chambre conjugale, reconnaît ne guère maîtriser. Mais, face au présent dossier, le procureur perçoit distinctement que ce truqueur de Giacometti était un richard franc-maçon, assassin d'une quasi-prostituée pour ne pas perdre d'un coup une situation acquise à la force du cerveau. Un col blanc intelligent à déglinguer judiciairement et en douceur puisqu'il s'agit d'un meurtre à l'ancienne. Giacometti a buté la fille puis a planqué le corps. Du classique, du Beethoven en pleine vague techno. Du pain bénit ! Enfin, ça crève les yeux ! Le mandataire, plus malin que les procureurs précédents, plus retors qu'un vieux flic de section financière, ne possède qu'une ou plusieurs failles : les femmes. Cédant à ses penchants, comme on écrit dans les réquisitoires, il recrute une pute yougoslave, parce que c'est dans l'air du temps pornographique, parce que c'est bon marché, parce que... Savary ne sait pas au juste, lui qui n'a honoré ces vingt-sept dernières années que Mme Savary, et encore, à une fréquence que même le pape jugerait dérisoire. Puis Giacometti s'est trouvé gêné aux entournures par cette faiblesse momentanée. En témoignent les lettres anonymes reçues au parquet. Confère le rapport des renseignements généraux, avec l'enquêteur qui les surprend dans le parking. Comment Giacometti aurait-il su ? Mais bon Dieu, n'appartient-il pas à une loge maçonnique ? Ces gens-là savent tout. Tout ce que l'État rassemble contre eux finit sur leur bureau ou dans leurs oreilles. Savary le sait. À chacune des investigations diligentées sur ces salopards de frères trois-points, il s'est rendu compte que l'intéressé était informé avant lui, le procureur, des progrès de l'enquête. Ou de sa stagnation, d'ailleurs. Comme le constate son collègue de Nice, la justice et les sociétés secrètes s'accommodent mal... ou trop bien. Savary pense que, rencardé par ses innombrables amis maçons, Giacometti a pris la mesure du danger : attention, cher frère, le procureur et d'autres autorités étatiques savent que tu couches avec une fille de l'Est, une clandestine illégale, dans des conditions sexuellement correctes mais pénalement répréhensibles. Or, Giacometti a beaucoup à perdre. L'Armani, la soie, le cachemire, les invitations aux communions solennelles, les reprises douteuses d'entreprises foireuses, les commissions occultes qui vont avec... Autant de drogues dures, difficiles à sevrer d'un seul coup. Giacometti décide alors de faire le ménage, de nettoyer la place. Il tue, enterre le corps. Pourquoi pas ? Tout le monde a vu *Le père Noël est une ordure*. Même un délit d'initié, de nos jours, sait assommer une femme et la découper en rondelles pour l'emmener au zoo. Si ce gros barbu de juge d'instruction n'était pas aussi feignasse, il aurait sans doute retrouvé le corps, et avéré l'hypothèse d'une fuite maçonnique, songe l'avocat général Savary. À moins que cet incapable, avec ses airs de gros chat gourmand, ne soit lui-même franc-maçon, ce qui expliquerait son scepticisme affiché dès que Savary lui glissait ses réflexions sur l'affaire.

La conviction intime de l'avocat général Savary n'en demeure pas moins bâtie. Giacometti a cyniquement éliminé les scories d'un désir passager, dès qu'il a craint pour son cher statut social. Il ne s'agit aucunement de folie sexuelle passionnelle, comme cette vieille pédale cultivée de Potest semble le penser – Savary et lui en ont parlé à mots couverts chez Bernard Graphite, cinq jours avant le début du procès –, mais du crime rationnel par excellence : cette pute de luxe risque de me détruire, je prends les devants.

Trois cigarettes grillées dans un couloir du palais pendant la lecture de l'acte d'accusation dont il possède la copie, François Azoulay, le chroniqueur judiciaire de *L'Indépendant*, regagne par une porte latérale le banc de presse, encombré de deux confrères parisiens. De l'autre côté de la barre, Stacko et la journaliste parisienne échangent des amabilités. L'avocat affiche le petit air brigand qu'il arborait le jour du divorce en raccompagnant Sylvie. Où s'étaient-ils rendus ensuite ? À l'hôtel, fêter le montant de l'indemnité compensatoire ? D'expérience, Azoulay connaît la condescendance des reporters télé parisiens envers la presse écrite, surtout celle de province, et n'imagine pas une seconde jouer le joli cœur auprès de sa consœur. Par contre, une pige, une seule pour Tévé Une, assurerait quelques-uns des prélèvements mensuels que se goinfre son ex-femme grâce à Stacko. Vu la tournure des événements, il existe de fortes chances pour que la journaliste déjeune en compagnie de l'avocat à la Brasserie du Palais. À la première interruption de séance, il se promet de l'approcher.

Émergeant du conciliabule avec ses assesseurs, le président Potest réclame soudain le silence. Le voisin de Graphite, petit vieux à l'air pétochard, se tasse sur le banc.

CHAPITRE 4

L'huissier paraît tout droit démoulé d'un sarcophage. En réalité seulement sexagénaire mais usé jusqu'à la prostate, il avance, en cramponnant sa hanche droite sous sa robe noire, vers un autre vieillard qu'il conduit au travers de la salle bondée. Potest attend l'arrivée et en profite pour annoncer qu'après chaque déposition, les parties au procès poseront leurs questions sans passer par lui. Les âneries publiquement étalées appartiendront ainsi à leurs légitimes propriétaires... La course des grands-pères se termine à l'aplomb de la barre des témoins. L'enquêteur de personnalité, gendarme à la retraite adoubé par l'assemblée générale des magistrats du tribunal de grande instance, vient répéter une affligeante série de lieux communs « individus portés sur la gent féminine et enclins de ce fait au mensonge » dont « Giacometti compte au nombre du rang ».

Le président débraye en roue libre, sans plus d'illusions qu'un flic face à un patriarche gitan. Inutile d'espérer de pertinentes réponses de cet amas de saindoux vieillissant, avançant sur un ton de Nobel que « monsieur Giacometti jouit d'une exécrable réputation auprès de la partie saine de la population, si l'on gratte le vernis social comme je l'ai fait à la demande de monsieur le juge d'instruction ».

– Dois-je comprendre que le magistrat instructeur vous a ordonné de ne chercher que ce qui pouvait noircir l'accusé ?, s'insurge immédiatement Stacko.

Un pétard mouillé, même après que l'imbécile agréé s'est indigné, l'index levé, qu'on veut lui faire dire ce qu'il n'a pas proféré, « au demeurant et sans acrimonie aucune ». À son tour, le procureur Ernest Savary y va de sa question, ampoulée, trop longue pour marquer vraiment les esprits.

– En somme, l'accusé prend grand soin de cacher à son monde qu'il est un tombeur de femmes. Vous en déduisez un peu vite qu'il a mauvaise presse. Ne peut-on plutôt penser que, très installé socialement, il a beaucoup à perdre en cas de découverte de ses frasques ?

L'enquêteur répondant que cette hypothèse mérite d'être retenue comme hypothèse, Potest le remercie poliment et l'invite à rejoindre ses occupations. La science a suffisamment progressé aujourd'hui...

Ainsi, je jouis d'une « exécrable réputation dans la partie saine de la population ». J'aimerais pointer le doigt sur chaque visage inconnu, lui faire citer les noms de mes deux confrères de la place. Qui connaît un mandataire-liquidateur ? Les salariés s'intéressent-ils à sa réputation quand l'entreprise plie son parapluie ? Leurs préoccupations vont davantage aux formulaires Assedic qu'à l'avenir des machines-outils. Fonctionnaires et professions libérales s'en moquent tout autant. Seuls s'en soucient quelques avocats d'affaires, des banquiers impatients de récupérer trois sous et les syndicalistes agricoles lorsqu'un des leurs boit le bouillon. Restent les commerçants, artisans et entrepreneurs faillis pour avoir confondu bénéfices et chiffre d'affaires. Ce serait donc eux « la partie saine de la population », des types comme Dupuis, le pâtissier le plus couru de la rue Volcouve que j'aperçois là-bas. Sain, lui ? Lui qui avait détourné un prêt destiné à la rénovation de son laboratoire, véritable soue à cochons, dans une collection de Bugatti évidemment immatriculée au nom de sa femme ! Du sucre, et pas du sucre glace, cette enflure a dû m'en casser sur le dos pour avoir raclé ses fonds de tiroir jusqu'à l'os. Buté comme un âne, Dupuis avait refusé le moindre arrangement, ne serait-ce qu'une sous-estimation d'actifs sur l'argenterie et les porcelaines du salon de thé. Ni vu ni connu. Quelques amies auraient apprécié le cadeau sans se soucier de la provenance. « La partie saine de la population »... Tu parles ! Qui est-elle d'ailleurs ? Celle qui fait son jogging chaque dimanche matin autour du lac, ne boit que de l'eau de source, gagne son pain – blanc naturellement – à la sueur de son front, respecte les dix commandements, les limitations de vitesse et le couvre-feu dans la chambre à coucher ? Une bande de suicidaires végétariens accouplés à des kamikazes neurasthéniques ! Comment le machinchose de personnalité n'a t-il pas reniflé que ses interlocuteurs avaient la gueule qui puait des pieds ?

Le temps judiciaire égrène son chapelet. L'huissier repart dans une équipée, puis revient flanqué du professeur Murcielle, impossible Pierrot lunaire aux allures d'universitaire. Quelques formules d'usage et l'expert psychologue s'anime. Ensuite... Ensuite, impossible de l'arrêter. Comment faire, lorsqu'on vous lance « qu'avant tout, le retour du refoulé est un mythe salvateur, puisque aussi bien il excuse, explique et transcende tout acte violent, même le plus fruste et dès lors qu'on ne peut le voir ainsi s'agissant de cet animal social évolué qu'est et reste Giacometti, mais pourvu qu'il soit question de sexe, bien entendu... » ?

Le président Potest feuillette une cote du dossier, artifice dont le magistrat use lorsque son esprit s'absente. « Bien sûr, bien sûr, songe-t-il. Mais de quoi parle au juste ce bozo ? Et puis, à qui parle-t-il ? »

Les mains crispées sur la barre, le buste raide à la façon d'un alpiniste parvenu au sommet, le menton presque vertical et le regard planté dans le lustre hideux comme s'il en craignait la chute, l'homme débite les mots en s'excitant à certains détours de phrases. « Parce que Giacometti est Giacometti en tant qu'il se considère redevable envers lui de sa propre imago, le crime naît, inconsciemment d'abord, sous la forme fantasmatique d'un plus qui en réalité compte en moins, enfin, je veux signifier par là qu'il s'inscrit au passif, sans jeu de mots bien sûr, s'agissant d'une sorte de comptable – oserais-je l'avancer ici, comptable de ses propres actes et néanmoins débiteur envers lui-même de leur impact sur autrui –, parce que tout cela, martèle-t-il tout à coup, la pulsion arrive, massive mais encore tue. Avançons donc une construction... »

Le deuxième juré se gratte le nez. « Retenez votre envie de faire cesser l'irritation et vous l'augmentez », lâche soudain l'expert, index pointé sur le juré, qui, interdit, interrompt son geste. « C'est précisément ce que l'accusé a cru pouvoir faire, avec les femmes, avec sa mère, évidemment, dont on ne peut que noter la dissemblance, éminemment significative en creux, avec la victime. Le regard sur la femme, compliqué de celui qu'on jette sur l'homme à femmes, celui qui cultive ou plutôt laboure sa réputation virile comme un champ dont il faut que les autres mâles voient sans cesse les fruits, celui-là donc conçoit forcément un jour ou l'autre l'agression comme porte de sortie de ce corridor si étroit qu'on suit forcément dans le colloque singulier. Voilà comment lui comme tout autre passe à l'idée de violence, puis à l'acte de chair, puis de là comme un pont jeté à l'acte de tuer. Ça n'est pas plus compliqué, sauf à la justice à établir la ma-té-ri-a-li-té des mo-da-li-tés... »

« Je m'inscris en faux contre autant d'ignominies », s'amuse intérieurement Potest, souriant aussi à cette autre idée qu'il pourrait rompre le silence glacé en dénonçant la minable minceur de l'explication. Le président, un rien sonné par les gâcheurs de spectacle, n'en fera rien. Depuis la fin de la lecture de l'acte d'accusation, il a laissé libre cours à un défilé grotesque, le gendarme retraité bas de plafond, ensuite le docteur Pimpom, perdu dans la galaxie des théories... Parce que en plus l'agenda du professeur Murcielle, expert psychosociologue émérite, imposait, procès du siècle ou pas, sa venue à la barre avant même celle des premiers témoins. L'avocat général Savary avait insisté sur ce point d'organisation. Une longue journée d'élucubrations attend Murcielle, à la fac. « Ne privons pas quatre cents pucelles à lunettes du tissu d'inepties avec lequel elles tricoteront des pull-overs d'absurdité, en cet hiver sibérien dans les soutiens-gorge des filles qui cogitent », soliloque intérieurement Antoine, farouche ennemi des psychologues. Une d'entre elles ne lui avait-elle pas parlé de sa mère comme d'un être de chair éternellement désiré ? L'aurait-il moins aimée si elle avait été en plastique ? C'est ce qu'il avait rétorqué à l'époque. Impossible d'ailleurs de se rappeler pourquoi madame Potest mère l'avait envoyé chez cette vieille pie. Peut-être commençait-on à jaser, en ville, lui et Georges... Le silence devient pesant pour tous, sauf pour Murcielle qui paraît le goûter, un énigmatique sourire suspendu à ses lèvres absentes.

– Des questions ?, s'oblige le président.

Le deuxième juré hésite, puis finit de frotter furtivement la narine droite.

– L'avocat général souhaite qu'il soit demandé si...

– Posez directement vos questions, rappelle Potest.

– Giacometti, assène Savary, est donc passé à l'acte pour une question d'image de soi ?

– Oui et non, sans évitement à tout prix, puisque l'image narcissique n'est pas en cause. Du moins pas aussi tangiblement... Lacan écrit : « il n'y a pas de relation sexuelle ». Commet-on l'acte de chair à outrance, comme Giacometti, et surtout le faire-savoir de ces actes, juste pour soi et l'autre ? Rien n'est moins sûr. C'est pour ce que vos pairs, en vous renvoyant de ces parcelles voyeuristes, vous ajoutent ou du moins cessent de vous retrancher... En terme de vi-ri-li-té s'entend. De rassurance sur la virilité. Combler la faille narcissique ne peut se faire seul, on utilise, on instrumentalise autrui. Toujours.

La main droite de l'expert court sur sa nuque. Savary sent sa joue le démanger mais n'ose bouger. Le picotement s'estompe. Il décline l'offre de questions supplémentaires.

– En voici une, bondit Stacko, très en forme. Pourquoi vous taisez-vous sur son silence ? Dix-sept pages, une par minute, et pas un mot, pas une virgule sur son mutisme ? Oui, monsieur l'expert, d'après le registre des visites de la maison d'arrêt, l'entretien n'a duré que dix-sept minutes.

L'affirmation déguisée en interrogation efface le sourire narquois de Murcielle. En une fraction de seconde, Potest décide d'intercepter pour remonter le terrain plus tard. Plissant les yeux, il fait mine de s'intéresser à la réponse.

– Qui ne dit mot con-sent, claironne Murcielle, rougissant comme un enfant fier d'une faute de syntaxe.

Un soupir collectif désapprouve la réplique. Sur son banc, Bernard Graphite espère que Stacko va défoncer ce phraseur mais l'avocat ne pousse pas son avantage.

Du bout des lèvres, il évacue : « Plus de question. » Balle au centre, souffle mentalement Potest, en se repassant le film au ralenti. Faire le point sur l'opaque stratégie de Stacko, voilà le but de Savary. Le défenseur prépare un coup fourré et le procureur ne veut pas rester dans le flou. Potest, inquiet, appelle le témoin suivant. Qui est-il, déjà ? Ah oui, l'assureur, le meilleur ami de Giacometti. Le juge d'instruction l'a déjà entendu. A priori c'est neutre, sans intérêt. Inconsciemment, Antoine, coudes écartés, adopte une posture de goal en reprise de match.

Dans un trois-quarts en cuir, l'assureur Jean-Louis Faucheux s'approche de la barre et, aussitôt après avoir juré « de parler sans haine et sans crainte », y cramponne sa carcasse d'échassicr dégarni et blanchi. Sur un mouvement de menton du président, l'huissier claudiquant rehausse le micro. Le témoin de moralité cité par Stacko en profite pour glisser un regard furtif vers son ami Giacometti prostré dans le box, visage entre les mains. Ne sachant ce que la Cour attend de lui, il s'humecte les lèvres avec, sur les épaules, le fardeau mille fois répété, de son incrédulité chancelante face aux charges qui pèsent sur le mandataire-liquidateur.

– Vous avez déjà été entendu par le juge d'instruction, explique Antoine Potest. Toutefois, les débats devant la cour d'assises sont oraux. Dites-nous ce que vous savez de l'accusé.

Une longue inspiration fait se déployer l'assureur qui embraye, pupilles noyées dans le vague, sur une amitié née à l'école primaire Jules-Verne et ainsi de suite dans les siècles des siècles de scolarités jumelles, club de foot, vacances à la mer, première cuite lors d'un tour d'Europe en stop, fac de droit, bref, rien à signaler. Une éphémère perte de vue aux premiers mois de leurs mariages respectifs puis les retrouvailles de deux pères de famille en instance de notabilisation. Il navigue avec le débit de la pie borgne sur les détails dorés, godille entre les bagatelles, jette l'ancre au pied des réussites professionnelles, comme ivre de sa propre rengaine en boucle, un ami, un vrai, calme, réfléchi, le cœur sur la main, franc comme l'or, marrant en société, sérieux dans sa fonction. L'overdose de vertu glisse sur Potest en pilotage automatique, bien sûr, bien sûr, Landru faisait un délicieux partenaire de bridge et Capone demandait aux dames la permission d'allumer un cigare. Pour sa part, l'avocat général Savary se frotte les mains à l'écoute d'un pitoyable panégyrique dicté à son avis par une inavouable complicité.

– Une aussi intime proximité, attaque-t-il dès que le président lui donne la parole, dépassait certainement la camaraderie. Peut-être même, des liens, disons, heu, d'une société secrète, vous...

–... je ne suis pas franc-maçon, le coupe Jean-Louis Faucheux, indifférent au protocole judiciaire. Je connaissais certes l'appartenance d'Éric Giacometti à une loge mais les avantages d'un tel engagement m'ont toujours paru inférieurs à leurs inconvénients. Ou obligations...

Savary voudrait se raccrocher aux branches, ne pas rester sur ce cliché, pas si cliché, du complot maçonnique mais le mot se dérobe sous sa langue, une société secrète, ce pourrait être, comment grand Dieu, formuler « partouzards » en politiquement correct sans se mettre à dos, non, pas mettre à dos, ça tomberait mal... Par chance, Stacko vient à la rescousse.

– La gravité de la situation ne vous échappe certainement pas, balance l'avocat. Deux hommes aussi proches n'entretenaient pas de secrets l'un envers l'autre, je suppose. Vous connaissiez donc ses multiples aventures ?

Jean-Louis Faucheux se mord un instant les lèvres puis, d'un trait, avoue que oui, il savait, tout ou presque, comme se confient deux copains d'enfance et même un peu plus. Giacometti ne crachait jamais sur les cachotteries intimes, oh, il en avait appris sur telle ou telle...

La salle s'ébroue d'un soupir, prête à se gaver de clabauderies premier choix, mais l'avocat, craignant peut-être d'apprendre qu'il a servi dans le même corps que son client, coupe l'herbe sous le pied du témoin.

– Selon vous, enchaîne Stacko, cette boulimie sexuelle était-elle la conséquence d'un mauvais mariage ou de pulsions purement sexuelles incontrôlées ?

– Il faudrait demander aux psychiatres. Je ne me sens pas en mesure de vous répondre. Ce besoin de séduction appartenait au personnage d'Éric, son côté adolescent sous le vernis de la respectabilité. Savez-vous ce qu'il s'est offert l'an dernier, enfin, je veux dire voici deux ans, pour Noël ?

– Un train électrique ? suggère l'avocat alors que le procureur parie secrètement pour un calibre et Potest sur les œuvres complètes du divin marquis en bande dessinée.

– Vous n'êtes pas tombé loin, sourit l'assureur. Une

voiture radio commandée ! Un gamin ! Comment voulez-vous qu'il soit coupable d'un pareil crime ?

Stacko se rassied puis brusquement se relève.

– Serait-il victime à votre avis d'un règlement de comptes dû à sa profession ou, qui sait, d'un machiavélique mari jaloux ?

Fine mouche, Jean-Louis Faucheux ne tient pas à ce l'on exhume certains dossiers, celui de l'hôtel des Lys par exemple, arrangés à l'amiable entre lui et le mandataire-liquidateur. En signe d'ignorance, il hausse les épaules puis, paumes ouvertes, manifeste son impuissance.

– Plus de questions ? interroge le président, braquant sur les jurés un œil décourageant.

Prêt à regagner les rangs d'un public dépité par l'aubaine, juste entrevue, de se glisser sous les draps, le témoin dévisage fixement l'ex-épouse de Giacometti, cheveux châtains coupés au carré sous le serre-tête écossais. Se ravisant tout à coup, il revient vers la barre.

– Si j'en crois la presse, deux détails ne collent pas, assène-t-il d'un timbre empreint de sincérité. D'abord, Éric n'était pas très porté sur les blondes. Je veux dire, ça lui est arrivé de... vous comprenez ? Seules les brunes le mettaient vraiment dans tous ses états.

– Les brunes ne comptaient pas pour des prunes, si je puis me permettre cette référence à une chanson bien connue, ricane Stacko, soudain trahi par sa culture bubble-gum.

– Son type de femmes, c'était plutôt, ah, comment s'appelle cette actrice italienne dont il m'a traîné voir plusieurs films ?

– Sophia Loren ! s'exclame Antoine Potest ravi par l'intrusion inopinée de la Sainte Mère mamelue quoique Marie-Madeleine distinguée de *Hier, aujourd'hui et demain*.

Devant une assemblée plus cultivée, le président aurait cité Stefania Sandrelli ou Silvana Pampanini et tout le monde aurait compris. L'erreur de génération n'amuse qu'un instant l'assureur conscient d'un physique qui l'a vieilli prématurément. Pourquoi pas Marlène Dietrich ou Greta Garbo, pendant qu'il y est ? La mémoire lui revient d'un bloc.

– Laura Antonelli ! Voilà son type.

« Du bonnet C pour de la série B », commente Potest en son for intérieur tandis que Savary demeure interdit devant la tournure cinémascope de l'audience.

– Qu'il ait perdu les pédales pour une femme charnue à peau mate comme cette actrice, précise l'assureur à l'intention des jurés qui en seraient restés aux *Trois Lanciers du Bengale*, correspondrait davantage au personnage. Mais cette blonde... Et puis, j'ai vraiment du mal à croire à un soi-disant penchant sadomasochiste. Éric m'a confié des choses très intimes...

– La cour vous dispense des détails, élude à son corps défendant le président.

– Jamais, je dis bien jamais, il n'a fait allusion à un quelconque penchant pour la violence, la soumission ou le cuir. Au contraire. Il m'est revenu une anecdote au sujet d'une amie de rencontre qui trimballait une paire de menottes dans son sac à main...

La salle retient son souffle, suspendue au fouette

cochon attendu et les fessiers se tortillent sur les bancs afin de placer la bonne oreille dans l'axe des antiques haut-parleurs qui crachotent au sommet des boiseries.

– Oui, cette femme ? avance Potest.

– Elle l'avait... Comment dire... Refroidi !

L'expression offre au procureur, jusqu'alors figé dans une raideur de duègne, l'occasion de dévoiler à la volée un sens de l'humour très personnel et celle de recentrer des débats oiseux par la faute du président.

– En parlant de refroidi, que vous avait-il révélé de sa liaison avec Milena Kolufi ?

Un blanc pour toute réponse. Jean-Louis Faucheux pique du nez vers ses Church à boucle, se triture les lèvres puis, au terme d'une hésitation sur le fil du mensonge, murmure un inaudible « rien ».

– Rien !, souligne Savary avant d'enfoncer le clou. Vous êtes la seule personne dont l'accusé ait accepté la visite à la maison d'arrêt. A-t-il protesté de son innocence ?

– Nous n'avons jamais évoqué les faits. Il craignait qu'un micro soit caché dans le plafond du parloir.

Le procureur se rassied sans autre commentaire sur un aveu qui vaut sentence.

« L'exhibitionnisme du sexe, la pudeur de l'amour », note l'avocat Stacko sur une feuille tandis que le président autorise l'assureur à regagner la salle s'il le souhaite ou à quitter l'audience.

Sacré Jean-Louis ! Toujours aussi candide. Fut une époque où je le surnommais « Rantanplan ». L'unique assureur honnête de la ville, qui me doit les accidentelles entorses à sa déontologie professionnelle. Un malheureux écart conjugal l'avait rendu malade pendant quinze jours jusqu'à ce qu'il le confesse à Bénédicte et dorme, en représailles, plusieurs mois à l'hôtel du cul tourné. Si, si, ma main au feu. Incapable de mentir, toujours prêt à trop en faire, quitte à m'enfoncer un peu plus. Voilà pourquoi j'admire ce miraculé – ou presque – du péché originel, la probité chevillée au corps, l'exception vivante aux âneries de Jean-Jacques Rousseau. Autrefois, en terrasse chez Graphite, pendant que je matais les filles tel un matou psychotique devant une poissonnerie, lui m'entretenait d'un monde englouti – pour peu qu'il ait existé – où les maris considéraient leur épouse comme la créature la plus exquise de la planète, où les impôts importaient peu puisque nous vivions comme des princes. Le portrait flatteur dressé tout à l'heure n'était-il pas le sien tout craché ? Jean-Louis avait toujours été le parfait complice de mes frasques sur lesquelles jamais il ne portait le moindre jugement. À ma façon également, je l'initiais aux arcanes d'un labyrinthe obscur et perverti, troisième sous-sol des âmes ordinaires, frisson par procuration de l'interdit. Tout n'est pas faux dans sa déposition sauf que très rapidement les portes du monde se sont refermées sur Milena et moi. Aujourd'hui, je sais à quoi rimait cette quête éperdue parmi les femmes et que l'immaturité évoquée par Jean-Louis constituait un faux prétexte. J'en possède désormais la certitude puisque je ne travaille plus. Dieu, ce métier m'a-t-il déprimé, à ne connaître les entreprises qu'en phase terminale, entrepôts quasiment vides, ateliers silencieux, magasins au rideau de fer baissé sur des vitrines barbouillées au blanc d'Espagne. Pourquoi mandataire ? « Liquidateur » aurait suffi. À l'exemple du trésorier-payeur général. Que paie-t-il ? Rien. Au contraire, il encaisse. Des années durant, je me suis senti – sans l'appréhender – dans la peau d'un médecin-réanimateur maudit, un toubib dans les doigts duquel ses patients claquaient systématiquement. Quel être humain se satisferait d'une existence, même reliée pleine peau, de charognard ? Personne ne possède une vocation de mandataire-liquidateur, et pour moi, comme pour la plupart des confrères, l'occasion doublée d'un solide appétit de fric avait fait le larron. Ma licence de droit en poche, futur beau-papa avait appris qu'une charge se libérait et s'était proposé d'avancer gratuitement la moitié des fonds. Cinq ans de vaches maigres plus tard, j'accédais à la vie en première classe en même temps qu'au paradis de l'ennui. À quoi rime la vie lorsque, comme dans mon cas autrefois, elle se résume à un chapelet d'occupations ? Pendant ce temps, Jean-Louis et d'autres copains de fac fanfaronnaient devant la Jeune chambre économique, investissements, trophée de l'exportation, bénéfices record. Moi, je mettais en bière et, las d'additionner chaque jour les dépôts de bilan, courais après la vie. Est-ce un hasard si les carabins baisent, dit-on, comme des lapins ? En est-il de même aux Pompes funèbres ? Je ne peux même pas le demander Milena.

Le bois propre pue, songe le vieil appariteur en accompagnant le Dr Fijule jusqu'à la barre. Depuis plusieurs jours, aidé du concierge du Palais, il astique les boiseries de la salle d'audience. Peut-être ont-ils trop forcé sur le Monsieur Propre parfum pin des Landes ? L'odeur de cire jaune ne le quitte plus et la pièce, positivement embaumée, lui donne l'impression de respirer au travers d'un torchon de bonniche. Le président salue cérémonieusement, et, l'heure étant venue de relancer la chancelante concentration des jurés, lance son préambule habituel.

– Les personnes déposant devant vous ce matin furent désignées par le juge d'instruction pour nous apporter en leur âme et conscience un avis éclairé. Certaines, inscrites sur une liste dressée par de hauts magistrats, sont choisies en regard de leur probité, leur professionnalisme démontrés. Nous les nommons auxiliaires de justice, voilà pourquoi elles n'ont pas à prêter serment devant vous, jurés. Vous avez écouté le psychologue, missionné pour décrire la personnalité de l'accusé. À présent un psychiatre doit répondre à une question éminemment médicale : l'accusé est-il responsable de ses actes ? Vous l'entendrez, j'en suis sûr, avec la même qualité d'attention.

Un éternuement compulsif secoue l'expert dont la silhouette creuse tressaille tandis que ses doigts osseux fouillent sans résultat la pochette de son veston. Faites votre rapport, facile à dire, mais un second spasme arrive. Insupportable, l'allergie agresse ses parois nasales au moment où le médecin aimerait jouir de toutes ses facultés. Il se lance quand même dans une claire démonstration. L'intéressé ne nie pas les faits, donc, en gardant le silence face à d'accablants éléments, il acquiesce. Le psy part ainsi du présupposé que l'acte meurtrier a bien été commis, et aussi l'enlèvement, ou plutôt le trafic d'être humain. Il voit là l'empreinte d'une personnalité paranoïde, désir d'emprise, orgueil, l'autophilie qu'implique cet achat d'un être humain par un autre, juste pour satisfaire des désirs charnels. La mégalomanie, le mépris des autres, l'égocentrisme et l'obstination caractérisent assez ce type d'agissement. Or, ce sont les traits constants de la psychose paranoïaque, pathologie dans laquelle il classerait Giacometti, et l'explication de ses crimes... Chez ces êtres existe bien un risque majeur de passage à l'acte hétéro-agressif... Mais avec un hiatus, précise l'expert. Un hiatus de taille : il n'existe aucun symptôme de délire paranoïaque. Bien au contraire. Par son mutisme, Giacometti se situe à l'opposé de cette typologie, puisqu'il n'a jamais recherché l'adhésion de son entourage par le biais d'un discours interprétatif, systématisé et stable. Son attitude silencieuse amène à envisager une entrée tardive de Giacometti dans la schizophrénie. Ainsi la perte des contacts sociaux, le repli sur soi, l'isolement dans lequel il se complaît actuellement seraient psychiatriquement justifiés. Mais l'absence démontrée d'expérience délirante primaire – aucune dysmorphophobie ni nosophobie, ajoute mystérieusement le médecin – fait douter du bien-fondé de cette thèse.

Un sifflement étouffé de crécelle s'échappe de son nez. Il bredouille des excuses et poursuit son propos, tourné vers Stacko.

– Pour ma part, affirme-t-il, l'œil luisant, j'ai entendu

les silences de Giacometti. Les questions demeurées orphelines, les ballons de conversations qui jamais n'atterrissaient, ont forgé ma conviction : Giacometti n'est pas non plus sujet à une névrose hystérique. Certes, le donjuanisme de l'accusé permettrait de pencher en ce sens. La violence de son crime également. Mais on sait que les hystériques, mieux que les autres névrotiques, gèrent bien l'angoisse. Tel n'est pas le cas de Giacometti, chez lequel, assure le Dr Fijule, on note un fond anxieux important. L'expert s'interrompt.

Une implosion de nez plus tard, il reprend, affirmant l'avoir remarqué dans les yeux, dans les gestes de l'accusé. « En somme Giacometti reste un mystère, puisque la nosographie ne suffit à le définir. C'est pourquoi, termine l'expert, nous le croyons pénalement responsable de ses actes. » Potest autorise à nouveau le ballet des questions.

– L'accusé a, selon votre avis émérite, commis son crime en pleine santé mentale, distille Savary. On peut donc parler d'un crime de sang-froid ?

Intellectuellement honnête, Fijule rectifie l'avocat général. Il ne saurait l'affirmer. Mais il postule, à partir d'observations cliniques, que l'accusé obéit à des motivations rationnelles.

– Je ne suis pas médecin, mais je sais compter, intervient à son tour l'incurable maître Stacko. Ni parano, ni schizo, ni hystéro... Vous n'avez creusé que trois pistes psychiatriques ? Trois seulement ? Et l'amnésie ? Et les troubles de l'humeur ? Et la bouffée délirante ?

– Elles sont à écarter pour des raisons fastidieuses à exposer, souffle Fijule avant d'éternuer de nouveau.

– C'est sans doute pour ça qu'elles ne figurent pas dans votre rapport succinct !, persifle l'avocat de la défense.

Un œil sur sa montre, Bernard Graphite n'écoute plus ce payé à rien foutre. Il est temps de vérifier la mise en place. Minuit, c'est l'heure des criminels. Midi celle des limonadiers. Pendant le spectacle, les affaires continuent. Et prospèrent. À table !

Nettement moins grand que le cameraman, Stacko se tient de profil sur les deux plus hautes marches de l'escalier d'honneur alors que la foule s'écoule de la salle en serpentins volubiles. Hors champ, la journaliste de Tévé Une, cambrure parfaite, l'interroge sur ce ton professionnel à la mode, abrupt crescendo avant chaque virgule à l'intention des téléspectateurs présumés handicapés mentaux. En retrait, François Azoulay observe la scène et fourbit ses arguments. Rien à foutre de l'indemnité compensatoire de Sylvie. Une pige télé à n'importe quel titre, conseiller technique ou artistique, paierait un putain de Pentium IV. Le chroniqueur judiciaire de *L'Indépendant* connaît suffisamment ce prototype d'envoyée spéciale parisienne pour l'enfumer avec les mots qui font grimper aux rideaux les ethnologues cathodiques de la brousse provinciale, et il empochera le cacheton. L'achat du matériel, 40 méga de disque dur, donnerait un sacré coup de pouce au lancement de son site Internet, bricolage musical qui bouffe ses nuits mais qui, le moment venu, fera de lui, le nouveau Lenny Kaye. Depuis des années, le journaliste amasse de brocantes en ventes aux enchères les 45 tours les plus méconnus du mouvement punk avec l'intention de donner une suite on line à Nuggets[1]. Sur ce serveur finement baptisé « Needles & Pistols », les amateurs trouveront, moyennant un modeste abonnement, des collectors à la pelle, *Heart of The City* de Nick Lowe (Stiff Buy 1) évidemment mais aussi *Talkin' About You* de Jam, la version face « B » du premier single avec ce mixage carburateur flippé, nettement plus pointu que sur l'album *In The City*. Et puis, des groupes insensés, introuvables, Warm Gun, Sperma, Cyanid, The Gorillas, Chili Willie & The Red Hot Peppers ou alors ce disque inédit de La Souris Déglinguée dont il s'est procuré un test-pressing. Il a chiadé le projet, scanné des centaines de pochettes mais hésite encore sur la musique de la page d'accueil, pourquoi pas l'intro de *Doctor Dupree* et la guitare de Wilko Johnson qui pleure des perles d'ambre dans une fontaine de satin ? *Pipeline* par les Flying Padovani's, ne serait pas mal non plus...

L'interview télévisée en boîte après un clin d'œil entre Stacko et la fille, Azoulay se présente. À sa surprise, elle l'accueille d'humeur franchement confraternelle puis, au fur et à mesure qu'il débite son histoire d'élevage de lapins climatisé et sonorisé aux valses viennoises, voit une dureté proche du mépris envahir les lèvres minces de son interlocutrice. Où va-t-on si les journalistes de

1. Double album vinyle mythique réédité en quatre CD compilés par le critique musical Lenny et regroupant la crème des groupes rock américains obscurs des années 60.

province, ne serait-ce que pour faire les malins, ne déposent pas à vos pieds un bon petit secret des familles qui fera du reportage un clip à la Chabrol ?

– Mumh, muhmm, médite-t-elle, toute à sa déception.

– Ah, j'oubliais !, reprend Azoulay plutôt satisfait de l'appâtage. Le fumier des lapins est revendu à Monsanto comme engrais interne du maïs transgénique.

– T'as une carte, un mail, un téléphone ? sursaute la fille aux quinquets soudain lumineux. Je vais en parler à Jean-Pierre Ricard. Ce truc peut cartonner au 13 heures.

CHAPITRE 5

« Tu prends un petit récipient en céramique, à fond plat et à bord relevé. Une noix de beurre étalée, avec de l'oignon en purée, tu casses ton œuf dedans, places le tout au bord du piano, tout au bord, là où c'est à peine brûlant, de la chaleur résiduelle, par conduction, tu vois ? T'attends vingt bonnes minutes avant de saupoudrer le curry sur le jaune, pis... » Bernard s'interrompt brutalement.

– Monsieur le Président, se précipite-t-il, votre table vous attend.

Antoine Potest vient de pousser la porte, flanqué d'un autre juge, jeune gars précieux qui traverse souvent la place en affichant une mine dégoûtée, comme si un chihuahua invisible chiait devant ses Weston. Les magistrats s'installent, s'efforçant de ne surtout regarder personne. Les autres convives suspendent leur mastication, les fourchettes ne tintent plus. On scrute les vedettes du procès. À cette heure, midi quarante-deux exactement, la brasserie du Palais en compte trois. Potest, près de la vitrine, Stacko à quatre tables de là, l'épaule gauche contre un mur, le pied droit dépassant de la longue nappe et, au centre du restaurant, Isufi Kolina, la mère de la victime, accompagnée de trois compatriotes ressemblant au gorille qui nous saluait bien, celui du cinoche d'antan qui se parfumait à la dynamite. Le reste compose un échantillon représentatif de toute la ville selon saint Sofrès. Deux cent onze couverts, un record. Prévoyant, Graphite a supprimé les congés et réquisitionné en extra le personnel de son frangin – pas la peine de crever le plafond des recettes pour redistribuer aux racketteurs de l'URSSAF, comme dit Pierrot. Plus madame Graphite, mademoiselle Graphite, dix tables supplémentaires dans les travées, et on y est. Bernard, qui supervise l'accueil des V.I.P (Vipères, Importants et Prétentiards, dans l'anglais de Pierre), revient planter ses coudes sur le comptoir.

– J'ai sué la Loire et la Garonne réunies pour lui conserver ces deux petites places d'où on voit la façade de ton hôtel, glisse-t-il à son frère. Une commande spéciale du président de la Cour ne se refuse pas... Potest soi-même a réservé la semaine dernière sur un ton de barbouze la table habituelle de Giacometti. Un truc de juge, un peu comme une reconstitution.

– Un truc de vieux pédé, oui, pour foutre les doigts de pied en éventail à l'autre chochotte, là ? répond Pierre en désignant du menton l'accompagnateur de Potest.

– Ta gueule, Pierrot, v'là la presse.

Une équipe de télévision dans un restaurant de province, c'est le sac de Béziers par les troupes de Simon de Monfort. Tandis que la blonde éparpille son odeur vanillée sur les assiettes de vache folle à l'échalote, un pied de Bétacam accroche une topine de bourgueil, déjà déstabilisée par un coup de hanche du cameraman sur le plateau. Graphite, d'un geste, stoppe son épouse dans son élan et avance vers la journaliste en souriant. « Vise-moi ce gagne-pain profilé en soufflerie » siffle Pierre tandis que Bernard, faisant écran, lâche « archi-complet mais deux couverts au comptoir, ça irait ? ».

– Vous êtes trop adorable, roucoule la blonde, déposant sans plus attendre ses fesses sur un tabouret du bar en un ciseau de jambes stroboscopique, éclair du string blanc sous un collant anthracite sans démarcation.

– Bonjour, Presse ! Moi, c'est Pierre Graphite, hôtelier, s'exclame son vis-à-vis émoustillé par le jeton. Et il pose l'index sur le sein gauche de la fille qui tressaille.

– Écrit là que tu t'appelles Presse !

Elle soupire, tourne la tête en direction d'un Stacko solitaire et fonce. Trente secondes plus tard, Bernard, toujours aussi aimable, ordonne à Maria, cette feignasse, de trouver « une chaise pour Madame, qui déjeune avec Maître Stacko ». L'homme à la caméra, sec et nerveux, vingt ans à peine, qui trimballe quatre-vingts kilos d'électronique comme un paquet de Camel light, reste accoudé au comptoir. Bernard, gentiment ironique, suggère qu'avec pareil p'tit lot à réclamer, il doit y avoir plus éreintant que le travail.

– En dessous de six cents K-F, aucune chance, rétorque le cameraman perdu derrière la fumée d'une cigarette.

– Par an ? interroge le cafetier.

L'autre opine. Bernard se prend à rêver. Ses chances, surtout aujourd'hui, tiennent dans les clous.

Celles de Stacko aussi. Et pas seulement avec la blonde, d'après ce qu'il lui confie en aparté. L'avocat assure réserver à la cour une stratégie de derrière les fagots, qu'elle sera soufflée et ne parlera de rien d'autre au vingt heures. Rodomontade, effet de manche au restaurant ? La journaliste s'en moque comme de son premier orgasme dans un bureau moquetté. De toute façon, Stacko aura droit à au moins quinze secondes sur les trente conservées au montage et son nom cité deux fois. Parce qu'elle n'a pas l'intention de quitter pareil nid de rats agonisants sans que les mains de ce type n'aient poli sa chute de reins que les hommes s'accordent à qualifier d'excellent tremplin. L'avocat, visage émacié, entretient le sourire marlou et l'air las d'un animal souvent sollicité par les femmes. Bref, de sérieuses garanties médiatico-sexuelles. Le regard de Bernard Graphite survole la table d'Isufi Kolina, belle plante dont il admire la prestance depuis la parution d'une photo dans *Paris-Match*. Soudain, émergeant du brouhaha des conversations se détache une phrase claire, comme suspendue au fumet des graisses maintenant en suspension dans le restaurant bondé.

– C'est la maman de la morte !

Une dame en tailleur lie-de-vin, chemisier paille à col mousquetaire, l'a prononcée trop distinctement, de sa voix de petite catholique à nattes mal grandie. Un timbre modelé par les traditions de l'institution Marie de l'Incarnation, jamais altéré par le tabac, le cognac ni aucun sirop de liqueur d'homme. Cette jeune maman, fière reproductrice d'une fillette elle aussi nattée, a ainsi désigné Mme Kolina, qui tressaille, et Graphite à sa suite, surpris qu'elle maîtrise ainsi notre langue. Qu'éprouve une mère, perdue très à l'Ouest, au centre d'une brasserie d'Occidentaux repus, passionnés, excités même par cette tragédie qui lui ronge l'esprit ? Que sait-elle de ce pays aux confins du confort et de l'indifférence, où l'estomac devient le siège des sentiments, où le malheur se donne spectacle gratuit ? Bernard n'est porté ni sur la géo ni sur la philo. Tout de même : il a plaisanté tant de fois, depuis sa caisse avec Giacometti et, là, à quelques mètres de lui, venue du bout du monde, la mère de sa victime... « On ne sait jamais avec qui on rit », cogite le limonadier alors que son frère lui assène une bourrade.

– Elle te plaît, la Ruskov ?

– Pas russe, corrige l'aîné : yougo.

– N'empêche que je boirais volontiers de la vodka dans sa chaussure en écoutant les chœurs de l'Armée rouge...

Bernard ne l'écoute plus, attentif à sa fille appliquée à servir les plats. Mademoiselle Graphite atteint le même âge que celui de... enfin de celui qu'aurait la fille Kolina. Comment a-t-il dit, déjà, le greffier lisant le machin d'accusation ? Du sang entre les lames du parquet, une dent cassée retrouvée au pied du perron. Giacometti aurait été parfaitement capable d'apprendre autre chose que la Playstation ou les Barbies à mademoiselle Graphite. Non qu'elle soit moulée à la louche la pauvrette, avec son gros cul de famille sur ses jambes courtes mais le mandataire-liquidateur basculait tout ce qui portait deux paires de lèvres pourvu que ça dépassât l'âge des Pokemon. De là à buter la fille en lui pétant les dents, planquer son corps... Ça ne colle pas. Rien que physiquement, l'ex-mandataire-liquidateur n'avait rien d'une brute. Bouffant tout cru des affairistes sans scrupule, certes, mais selon les mœurs réglementaires du marigot local. Et encore, par le papier et non le coupe-papier !

– Je dois t'avouer, cher collègue, que pour en avoir discuté avec vous deux, l'hypothèse de l'avocat général Savary a ma préférence.

Le jeune juge sauce la moutarde du lapin en gibelotte en dressant haut son annulaire. Potest fronce un sourcil, puis attendrit ses traits et persifle.

– Savary a autant de puissance de calcul psychologique qu'un boulier !

– Mais tu en conviendras, la personnalité de Giacometti s'accommode mieux d'un assassinat cynique que d'un meurtre passionnel.

– Je soutiens un point de vue d'un autre ordre, à la lisière des crimes passionnels et sexuels. Envisageons, si tu le permets, une nouvelle rubrique : le crime charnel.

Potest suçote un os, mademoiselle Graphite attend qu'il le repose, puis enlève l'assiette et repart, les yeux gourmands du magistrat rivés sur son séant.

– Les Graphite possèdent tous la même morphologie, tu ne trouves pas ?

– Revenons à nos moutons, marmonne l'autre en tamponnant ses lèvres. En quoi ton analyse criminologique supplante-t-elle celle de Savary ?

– Mon écrasante supériorité intellectuelle sur cet

incontinent du lieu commun, d'abord. Ensuite la circonstance que mon explication répond seule à la vraie question posée par cette affaire : pourquoi Giacometti boucle-t-il son clairon ?

L'assesseur laisse le temps au temps de la réflexion et surtout celui aux deux boules de glace à la vanille d'atterrir devant lui. Par le jeu à saute-mouton de deux nuages à des milliers de kilomètres de là, un rayon de soleil transperce soudain la brasserie. De l'autre côté de la vitrine, comme un reflet dans un miroir, surgit l'avocat général Savary qui adresse un signe de la main à Antoine Potest.

– Il ne va pas s'arrêter, ricane le président. Impossible pour ce forçat du mariage de déjeuner un lundi ailleurs que chez lui, avec quiconque d'autre que sa femme. Procès capital ou pas, l'immuable rendez-vous familial tombe comme un verdict.

Derrière la vitre, Savary stoppe sa course, se retourne, serre la main de l'expert psychologue Murcielle accouru dans son dos. Un mouvement du bras, quelques hochements de tête.

– Sans le son, ils sont encore plus drôles, fait remarquer Potest à son vis-à-vis.

– On se croirait au théâtre Nô.

Murcielle et Savary marchent de concert et pénètrent chez Graphite.

– Ce lundi fait exception, monsieur l'avocat général ? s'étonne le restaurateur.

– Non, non, mon cher, j'ai simplement cédé à l'amicale pression du professeur. Deux Bitter San Pellegrino !

Toutes les places étant occupées, Bernard, nerveusement, fait ripper son frère qui abandonne son coin de comptoir sans politesse excessive, déplaçant sa bedaine en brise-lame.

– Ça roule chez les timbrés ?, se permet-il à l'adresse de Murcielle qui maugrée ne pas s'occuper pas de ceux-là, et s'installe près du sucrier en métal argenté.

– Vous reconnaissez donc la justesse de ma théorie ? s'empresse de poursuivre le procureur Savary, une flamme dans les yeux.

L'expert psychologue, s'emparant d'un sucre, le fourre dans sa poche et s'anime.

– Je le prends sous vos yeux d'accusateur public. Suis-je un voleur démasqué ou un honnête homme avouant clairement ses penchants à un ami, un confesseur ? La dialectique du montré demeure obscure. L'ostensible est menteur, le sincère complexe, puisqu'en restant incompréhensible il s'en remet à vous pour résoudre ses propres problèmes.

Il sourit, Savary pas. À quelques mètres de là, la main levée de Potest appelle furtivement Bernard Graphite, qui se précipite. Entre ses dents le président réclame l'addition en vitesse. Pas question de se payer une seconde rincée des délires verbaux du SAMU de l'âme dont il perçoit distinctement la voix depuis sa place. Le docteur Pimpom plus le radotage du procureur Savary poussent franchement à préférer le distributeur de boissons chaudes du Palais aux banquettes de la brasserie.

Entre mes genoux, une golden, deux sandwiches empaquetés sous la cellophane bleutée aux initiales du

Buffet de la gare et une demi-bouteille d'eau minérale. Les gardiens de la paix ont droit au même régime. À part les bières. Chacun la sienne. Grand Dieu, ma chemise pour une bière, n'importe laquelle, même une Tourtel, ne serait-ce que pour caresser mes souvenirs. Une tulipe de Jubilator embuée où les bulles en chapelet chuchotent sous la mousse...

– Bon appétit, claironne une voix.

– Mummmh, opine une mâchoire déjà à l'abordage.

Poignets désentravés, cheville droite menottée à un pied du banc scellé au sol, les gardiens ne me prêtent guère attention. Le plus jeune, blond filasse, l'air mollasson que la pose d'une tringle à rideau dans son trois-pièces de banlieue doit épuiser, porte déjà au front les stigmates du renoncement. Avec un sujet de géo différent, il aurait décroché le concours de la Poste ou de la Navigation fluviale, bref, serait fonctionnaire gris à l'abri plutôt que bleu dans la rue. L'autre, proche de la retraite, trapu, tanné par le grand air, cheveux teints aux reflets métalliques, conserve, malgré les années sous l'uniforme, les traits mal dégrossis et les doigts noueux de sa ruralité. Le genre de flic qui tue le cochon, tronçonne des têtes de chênes et ravitaille en bûches et côtelettes, black de Bercy évidemment, les cheminées à insert panoramique de ses collègues. Sa fermette rénovée à vingt bornes de la ville et la Safrane Baccarat de deuxième main, hein, il faut les payer. L'été, une semaine en caravane à Oléron puis un coup de main au cousin céréalier avant d'astiquer le douze de la Manu pour l'ouverture de la chasse.

Assis sous le néon pisseux de la pièce aux murs jaunasses, je reste là, sachet de papier kraft entre les cuisses, avec leur mastication stéréo pour activateur de réflexion. Ne rien attendre d'un événement ne prémunit pas contre le fol espoir d'une étincelle, d'un miracle. Mais ce matin, nul augure d'une quelconque perturbation sur la partition réglée au quart de croche. Potest mène sa barque comme il me l'avait annoncé voici une quinzaine lors de cette visite que le président rend à tout accusé avec les phrases mécaniques et rassurantes d'un médecin accoucheur. Je l'avais écouté se gargariser de son crime charnel comme s'il connaissait quelque chose à la réaction nucléaire des épidermes, à la sueur de l'autre dont l'acidité vous grille la cervelle à la manière d'une slivovits, d'un alcool de riz. Et pourtant, sur la langue, celle de Milena glissait avec le velouté d'un grand cru. Cette fille, je l'ai bue au-delà de tout ce que cette vieille bique de Potest imagine. Quoique... Dans sa jeunesse, lui aussi à peut-être goûté à cette brûlure liquide, acide, à la bénédiction dorée. Un filet mousseux dégouline sur les lèvres du gardien blond, qui dévisse sa canette entre les dents. N'en laper ne serait ce qu'une bulle au goulot me traverse l'esprit, juste assez longtemps pour que s'impriment les traits de l'expert psy. Quelle connotation sexuelle y lirait-il ? Le flic surprend mon coup d'œil, s'essuie la commissure d'un coup de langue, ajoutant à ma confusion toujours inspirée par les interprétations foutraques du toubib.

– Désolé, s'excuse t-il avec un haussement d'épaules doublé d'un balancement du menton en direction de la bière. Les consignes, vous comprenez ?

– I' mange rien ? bougonne son acolyte, pouce pointé vers mon casse-croûte. I'préfère sûrement les toasts au caviar et un coup d'roteux ! Fini d'péter dans la soie pour un bout d'temps, hein, toi l'pied nickelé. Et pis, question radada, même quand tu sortiras, ça rest'ra des souvenirs.

– Fous-lui la paix, Martial. Lui au moins nous bassine pas avec son erreur judiciaire. Souviens-toi, celui d'hier ? Putain j'étais content que l'audience reprenne. On n'a même pas pu bouffer peinards. Pour une fois qu'on a les pieds au sec plutôt que se les geler à l'îlotage.

– Il la ferme pasqu'y'a rien à jacter. Du cousu main. 'l a compris qu'en l'ouvrant, i'f'rait qu'aggraver son cas. D'puis l'temps que j'fais l'poireau aux assiettes, j'connais la musique.

– C'est vrai qu't'es de tous les procès, toi...

– Un bas d'plafond qui chique l'évidence, bon, les jurés trouvent ça normal, surtout si c'est un gris. Tu les connais, les ratons, hein ? I' bouffent le chat, i'z'ont encore la queue qui sort d'la bouche et i'disent « c'est pas moi ». Et pis, le président a vu l'arbre en boule. Crois-moi, i' va leur faire la l'çon, aux jurés.

– L'arbre en boule ?

– Ben un neuneu, i'sait bien qu'il a fait une connerie mais i'veut pas s'l'avouer à lui-même dans son intérieur. Normal ! Par contre, un gars comme c't'oiseau qu'en a la-d'dans, crois-moi, macache bono. Ça passe jamais. L'seul truc que j'pige pas c'est pourquoi 'l'a pris l'aut'coco de Stacko comme bavard ? Avec son pognon... Pasque comme dit ma frangine qui l'avait dans son affaire de solin mitoyen, je t'ai raconté c'histoire de macaque ?

– Huhuuummm.

– Ben ma frangine, elle dit que le Stacko, i'f'rait même condamner sa porte !

Les deux flics se marrent franchement, me balayent d'une pupille vaguement contrite et, pas se laisser abattre, croquent à nouveau dans leurs sandwiches. On pourrait croire qu'en prison j'ai atteint une sorte de stoïcisme cynique, pourquoi pas touché la pierre philosophale. En fait, le teigneux n'a pas tort. Parler aggraverait mon cas. Loin du sens auquel il l'entend. Voilà le paradoxe de ma situation. Conserver le silence et, en fin de journée, je partirai pour quinze ans de réclusion criminelle, de centrale au régime paraît-il nettement plus sévère que celui de la maison d'arrêt où le directeur m'accorde un isolement bienfaiteur. Déballer ce que je sais, ce que j'ai vu de mes yeux vu et ce serait une sorte de perpète. Au choix, le grand sommeil ou la mort aux trousses. Pile ou face ? Évidemment, ma parole, sous condition qu'elle soit reçue, éclairerait différemment les débats, peut-être même y mettrait-elle un terme afin de relancer l'enquête sur la disparition de Milena. Ce soir, demain au plus tard, je sortirais libre, Azoulay, flanqué d'un photographe, guetterait la porte de la prison barrée d'une berline aux vitres fumées qui m'emporterait vers un puits de Jubilator... Cesse de rêver Giacometti. Où irais-tu ? Plus de maison, de famille, d'amis hormis Jean-Louis Faucheux incapable de t'embaucher sous peine de perdre sa clientèle en bloc, plus un rond. Rien. Zéro. Repartir à zéro ?

Pas ici en tout cas. La vérité, relayée par cette caméra de télévision dont le flash m'a ébloui tout à l'heure, filerait plus vite que la pécole chez les filles du boulevard. De Calais à La Ciotat, de Pouldreuzic à Schiltigheim, mon visage à la une des journaux leur collerait les jetons tout autant que la vérité. Sortir et filer où ? Au Québec peut-être, où se sont déjà réfugiés un architecte, un notaire et une avocate autrefois de mes connaissances et pas franchement blanc-bleu d'après leurs ordres professionnels. Trop de neige là-bas pour qu'on y perde ma trace, et puis j'y tremblerais autant de trouille que de froid.

Tout bien réfléchi, la perspective de passer plus d'une décennie en centrale ne paraît guère plus rassurante. Ici, la maison d'arrêt presque familiale et l'isolement écartent toute mauvaise rencontre, mais ailleurs, aux Baumettes, à Muret, Mendes, Loos ou Clairvaux ? Parler, même si la Cour ne me suit pas et s'en lave les mains par un verdict mi-chèvre mi-chou, ne constituerait-il pas un élément protecteur ? Le tumulte engendré par de telles déclarations survolera les miradors, franchira les barreaux jusqu'à m'attirer la sympathie de taulards influents, cols blancs initiés aux mœurs du commerce international. À défaut de réduire à néant les théories certes discordantes mais toujours accablantes de Potest et Savary, un récit scrupuleux des événements introduirait le doute dans l'esprit des jurés. Pourquoi d'ailleurs s'emmerder avec ces neuf péquenots quand on tient la moitié de la ville à sa merci ? Qu'ils aillent se faire foutre ! Bordel de bordel, une bière ! Pourquoi n'aurais-je plus le loisir de siroter peinard une Jubilator au comptoir de Graphite ? Je vais tous les faire twister sur le champignon atomique de la vérité, égrener redressements judiciaires à la trique, liquidations au napalm, repreneurs mieux-disants écartés sous de fallacieux prétextes et autres faillites facétieuses. À commencer par ces saloperies d'hypermarchés Lormont. Quatrième enseigne française, cinq milliards de chiffre d'affaires annuel, une vingtaine de grandes surfaces et cafétérias dans la région, le groupe aux trois mille salariés avait tout à trac officialisé un passif de deux milliards et demi jusqu'alors camouflé derrière de banales manipulations comptables. Étonnamment, le tribunal de commerce n'avait pas pris plus de gants avec ce mastodonte de la distribution que s'il s'agissait d'un réparateur de vélos. Liquidation judiciaire ! Goguenards, deux concurrents s'étaient vaguement déclarés intéressés par le rachat des milliers de mètres carrés au prix d'une supérette. Le préfet, les syndicats soutenus par le député Machinbourg, celui qui pendrait volontiers les juges consulaires à un croc de boucher, s'en étaient mêlés avant que la presse dégote je ne sais quel lien de parenté entre le président du tribunal de commerce et la belle-sœur de Frédéric Javourez, pédégé du groupe KSN, le seul à proposer deux poignées de cacahuètes contre l'affaire moyennant un plan social à la hache. Entre les lignes, *L'Indépendant* y avait expliqué l'inhabituelle précipitation du tribunal de commerce. Pour le coup, il aurait fallu élargir, peut-être même allonger le trottoir devant l'ANPE. Quelques jours plus tard, alors que débutaient les agapes dans la salle humide du temple, le maire et le président du conseil général, frères qui savaient taire leurs divergences politiques dans l'intérêt commun, m'avaient approché. Tous deux participaient depuis la chute du mur de Berlin aux missions des différentes obédiences pour rallumer les feux[1], faire refleurir l'acacia à l'Orient du Vieux Continent[2]. Sachant comment j'avais négocié la reprise des bijouteries M'Raude, de la faïencerie Dumas avec des entrepreneurs bulgares et roumains, eux aussi maçons, ils m'avaient incité à prendre contact avec certains de leurs amis des ex-pays communistes. Des décideurs d'une envergure financière nettement supérieure à ceux que je fréquentais jusqu'alors. À l'évidence, là-bas, la solidarité maçonnique transcendait les frontières et je fus reçu, royal, avec le souci de satisfaire, que dis-je, de gaver un pervers de réputation internationale. Dans ma chambre de l'hôtel Kempiski Corvinus m'attendait, outre le champagne et de quoi rassasier la Somalie, un quatuor féminin à cordes dont les robes longues fendues ne cachaient rien de la sérénade promise. Oui, sans ce voyage d'affaires, plus exactement cette mission à Budapest au service des frères trois-points, il n'y aurait eu ni foie gras d'oie grillé, ni ragoût de porc à l'ail, arrosés de kékfrankos ou de tokaji, ni dessert, je ne parle pas des gundel palacsinta[3] mais de Milena, dont l'apparition à

1. Rouvrir des loges.
2. Relancer la franc-maçonnerie dans les anciens pays communistes.
3. Crêpes fourrées aux amandes et nappées de chocolat.

l'heure des digestifs n'avait littéralement embaumé le cerveau. Qu'on imagine une assemblée de mâles repus et envapés d'alcool, avachis dans les fauteuils d'un salon feutré, quand, soudain, d'entre les boiseries, coulisse une porte. Derrière la fumée cobalt des cigares émerge une beauté aux yeux lavande, blonde vénitienne dont le sourire de Sélénite flotte très au-dessus de la mêlée. À cent lieues des habituelles professionnelles ou actrices porno en panne de casting, une main aux hanches et le visage ovale en gracile dévers sur l'épaule, elle possédait cette touche à la fois hautaine et maternelle qui réduit les hommes en mâchefer. L'humanité d'une princesse barbare. Ce mirage, vêtu d'une robe noire en jersey au-dessus du genou, la taille prise par une étroite ceinture mexicaine à boucle d'argent ciselé, chaussé de mules italiennes à bride, éteignit rires et conversations. Elle marcha vers moi comme seules marchent celles qui l'ont appris, croisant ses pas les uns devant les autres sur une ligne imaginaire avec l'ondulation des hanches nécessaire pour faire du vêtement autre chose qu'un paravent de nudité. La parure d'une silhouette devinée et désirée. Déjà ses lèvres parlaient une langue connue de nous seuls et ma main accueillit la sienne en un geste naturel, étranger à ma volonté. À cet instant, Lazlo Nemeth, le grand maître qui avait réuni autour de lui les hommes d'affaires indispensables à la création d'un consortium repreneur des hypermarchés Lormont, comprit que son cadeau lui échappait. À moins que... Avec le recul du temps, ne l'avait-il pas trop bien choisi ? Elle s'assit sur un accoudoir du fauteuil, valse au ralenti en point de mire de l'assistance. Dans un français parfait aussitôt doublé en hongrois, au point que je la crus des leurs, sa voix chargée d'embruns pimentés glissa « Continuez, je vous prie. Vos secrets sont les nôtres ! ». Ils auraient pu lui rire au nez, la rabrouer d'une de ces plaisanteries graveleuses auxquelles pouffaient les rituelles distractions locales d'après contrat, jeunes paysannes mal dégrossies en body doré et minijupe de cuir. Rien. Chacun se félicita de ce pont supplémentaire jeté entre l'Est et l'Ouest, dont il restait maintenant à concrétiser le projet. Et pour cela, je devrais revenir. Non. Quoi qu'il en fût, je serais revenu. Pour elle. Il y eut effectivement d'autres voyages.

Personne ne se soucie aujourd'hui que les hypermarchés Lormont rebaptisés 8/22, figurent en bonne place dans le pipeline du blanchiment. Pourquoi paierais-je seul la facture ? Ah, ils veulent du scandale, des dessous crasseux, du sexe, des valises de fric ? Je vais leur en donner au mépris du serment maçonnique, des représailles inévitables. Un feu d'artifice, une fantasia, la grande lessive, le big-bang local, voilà ce qui les attend à la reprise de l'audience. Viva la muerte !

– Une mousse, ça lui dirait ? On a une canette en rabiot...

La voix du plus jeune des gardiens grippe soudain la mécanique de mes intentions. Il tend une bière dont j'essuie le goulot d'un revers de manche.

Au-dehors le soleil s'enhardit. Un peu plus tôt, la Brasserie du Palais s'était remplie comme la sous-ventrière de Gargantua, engouffrant anonymes et badauds, journalistes et gens de robe. À présent le mouvement s'inverse. Car en quittant sa table après avoir réglé l'addition, Antoine Potest provoque un mouvement de reflux. Le voyant repartir, tous s'imaginent que l'audience reprend, ouvrent leurs portefeuilles et lèvent le camp. La machine à carte bleue surchauffe, le tiroir-caisse se gave, billets à l'aller, pièces au retour. Bien sûr qu'il a le change, pour la petite dame, Pierre Graphite ! Savary se hâte de rejoindre son épouse... Heureusement qu'ils habitent ce duplex à deux pas du tribunal. Murcielle se presse doctement. Quelques minutes après la sortie d'Antoine, une petite foule très mobile se concentre sur le trottoir, se déplace vers le Palais et ses marches. Pour la deuxième fois de la journée, les flics devant l'entrée se laissent déborder. Il est pourtant trop tôt : encore une demi-heure avant la réouverture des portes, une heure avant la reprise de l'audience.

Le président de la Cour, quant à lui, dispose des clefs à pompe qui permettent aux magistrats d'emprunter une porte latérale dérobée, près du parking réservé au personnel. Il la franchit, avisant les gens attroupés sur le large perron, tancés par les policiers excédés, « non, ça ne reprend pas encore, hurlent-ils. Plus tard ». Le magistrat se sent l'âme d'un berger facétieux, s'amusant à égarer son bétail dans les alpages. Cette transhumance erratique l'inspire : « les moutons sont des cons à poil laineux », lance-t-il à son accompagnateur qui sourit de la blague potache. Quelques traits de lumière arrosent maintenant la foule. Le soleil d'hiver accompagne les agneaux.

CHAPITRE 6

Oh là, oh là, il y a du tangage, du vent dans les voiles. Une bière après dix-huit mois de régime sec et, te voilà avec un coup dans le nez, mon vieux Giacometti. Les échardes aveuglantes d'un soleil d'hiver, le bourdonnement duveteux de la salle et le ballet des robes noires donnent plus que jamais l'impression de suivre son propre enterrement. Je marine dans une curieuse sérénité amniotique et, peu à peu, s'efface la tentation de jouer au fier-à-bras, de leur en donner pour leur argent. Si quelques centilitres de bière mettent dans un tel état après une longue abstinence, je dois absolument tâter du haschich. Milena me réclamait souvent de quoi rouler un joint comme s'il suffisait de demander au premier jeune coiffé d'une casquette, « Pardon, coco, aurais-tu de la drogue à fumer ? ». À vrai dire, j'ai surtout envie de piquer un roupillon, peinard, mains croisées sur le ventre pendant que Potest, Savary et Stacko rabattront les coutures d'un procès cousu de fil blanc. Il ne s'agit que de la deuxième manche d'une compétition prévue pour durer, allez, une douzaine d'années en temps réel. J'ai remporté la première partie, un an et demi de cellule sans l'ouvrir et, à mi-parcours, je tiens toujours la corde. Ensuite, il suffira d'attendre l'empilage des calendriers et surtout qu'on m'oublie. Par un matin d'automne levé du pied gauche, je sortirai, carnet de bonne conduite rempli jusque dans la marge, bonus des remises de peine à taux plein et je filerai à Genève où, à moins d'attaque nucléaire, mon compte jouera à saute-mouton par-dessus les intérêts. La première bière, je la boirai la frontière franchie. Quoique... En Suisse, les flics font certainement souffler les piétons, les passagers des trains et les cygnes du Leman dans le ballon, des fois qu'un passant malveillant leur jetterait un baba au rhum. Je devrais demander à Stacko. Au pas de gymnastique, robe au vent telle la traîne d'une sorcière en scooter, il a réintégré sa place sur un double clignement de paupière persuadé que la clef des champs se trouve à l'abri de son code pénal. C'est ça mon Stacko, fais-les tourner en bourrique, ne serait-ce que le temps d'un doute, et surtout, bien que je sois innocent, passe au travers de l'acquittement.

Le lapin en gibelotte laisse l'esprit libre de sautiller, se félicite Potest qui doit appeler à la barre le policier directeur d'enquête, l'expert médicolégal, les témoins sur les faits du dossier – soit, en justice, « évoquer le fond de l'affaire ». Et craint effectivement de toucher le fond, lorsque viendra le tour d'Isufi Kolina. Drama goût bulgare. Madame Kolina, en deuil de sa malheureuse fille par la faute d'un notable priapique, bénéficie d'un rang quasi diplomatique dans son pays et d'une stature d'héroïne internationale. Un passage difficile, même pour un président chevronné après que le crime eut inspiré dans la presse quelques éditoriaux masochistes aux grandes plumes – qu'ils feraient mieux de se planter dans le fion, songe souvent Potest en les lisant. Ceux qui, du Languedoc à la Bretagne, conseillent vainement les rois du monde, ceux-là donc répètent à propos de l'affaire de définitives formules telles que « l'indignation d'un peuple-victime » ou « le bourreau dégénéré », avant d'espérer en la « nécessaire sérénité de la justice ». Sans eux, courageux contempteurs de la misère du monde, comment se souviendrait-on de ces « valeurs humanistes que nous oublions trop souvent », un peu comme les clefs de voiture ou fermer le gaz ? Surtout, comment diable jugerait-on « en toute impartialité » ? Antoine en est convaincu : Milena condensait les qualités, les défauts d'une franche garce et, sans les trafiquants kosovars, les plus infâmes crevures de la croûte terrestre, Giacometti n'aurait pas acheté en solde sa poupée gonflante. Difficile de passer ce message fondamental tout en plaisant aux éditorialistes. Or ces derniers, en élevant la victime au rang d'héroïne du commerce sexuel sur le papier journal juste bon à éplucher les légumes, impriment leur bêtise insigne à un pays déjà largement pourvu en la matière. Potest, comme durant toute sa carrière, mentira donc par omission. Dans la magistrature, une bonne déduction se cache plus encore qu'une maladie honteuse. Elle s'enfouit, comme la dent de l'autre gourgandine devant la porte de la villa, ironise à part lui le président.

L'après-midi s'annonce plus tiède que feue la matinée. La chaleur humaine aidant, la lumière irisant la salle semble jaunir, couleur paille, moins blanche. Les odeurs deviennent plus humaines, les corporelles remplaçant celles d'encaustique. Le policier témoignant apporte aux débats une caisse d'accent du Vieux Port. Ce faux rustique, vrai poulbot du Panier, donne l'impression de chanter une opérette de Fernand Sardou tout en débitant des horreurs. Et de raconter les ébats sexuels imposés à la jeune Slave par son geôlier, vus au travers du télé-objectif de dotation. Puis la découverte honteuse du kit sado-maso, cuir, métal et chrome, en perquisition. Enfin le sang prélevé sur lamelle, incrusté sec dans le bois du parquet. Détail atroce, il a senti sous sa semelle le fin craquement d'un indice taché, pas plus gros qu'un caillou... Qui se révèlera une dent de la défunte Milena. « La défunte Milena. » L'expression porte. Stacko le devine à la moue indignée de la troisième jurée.

– Comment pouvez-vous affirmer qu'elle est morte ? tente-t-il pour faire son métier d'avocat.

– Si quelqu'un disparaît en laissant traîner son sang par terre et ses dents sur le perron, je ne le présume pas bien portant, Maître.

Un éclair sadique luit dans les yeux de Savary. Le même passe sous les paupières mi-closes de Potest. Azoulay prend des notes. « Fernandel a mouché Stacko », songe Graphite.

Suit le médecin légiste. Couperosé de frais, gras comme un boucher, son nombril poilu apparaît dans le delta d'une chemise boutonnée à la va comme j'te pousse, juste sous la pointe triangulaire de sa cravate. Péremptoire, il professe. La dent a bien été arrachée d'une gencive humaine. Le sang retrouvé contient l'acide désoxyribonucléique – ou ADN – de Milena Kolina, après comparaison avec le dossier médical fourni, et avec des cheveux sur une brosse apportée de Yougoslavie... pardon de Serbie, rectifie le praticien. La même expertise démontre que l'incisive appartenait aussi à la victime, « à 99,97 pour cent », précise-t-il en définissant ce pourcentage comme une simple clause de style scientifique. Pédagogue, il s'explique face aux jurés, secouant son visage de camembert normand. Stacko se renfrogne. Voici son pain noir, servi rassis et amer. D'abord la croûte, et maintenant la mie.

– Ma fille est... était, bafouille la mère, regard noyé, difficile le travail de deuil, quand pas voir le corps. Miléna était petite fille adorable. Charmante, comme vous dire en France. Toujours très jolie. Vive. Un soleil dans l'hiver de la vie là-bas.

Isufi Kolina se tient tête penchée, dans une posture presque gauche. Lorsqu'elle a traversé la salle d'audience, conduite par l'huissier, les bancs geignaient sous le poids des corps tendus en sa direction. Une vêture élégante de quinquagénaire élancée et des yeux chagrins la façonnent digne et humble, sans donner l'impression d'un quelconque calcul féminin. Pas une once de coquetterie, juste une noblesse naturelle. Son image, sa voix sont connues. On l'a vue lors d'un massacre balkanique, marquant les esprits et les cœurs en épongeant les fronts des blessés tout en maudissant les bombes américaines.

Chacun l'aperçut ensuite, plantant les tentes des réfugiés devant les caméras de télévision. Puis en tête des manifestants du 5 octobre. À la tribune des Nations-Unies enfin, plaidant infatigablement la cause de son peuple. Son expression à la barre semble plus douloureuse, moins politique. Elle parle un français dont les mots, délicatement choisis, roulent de graves intonations slaves. Les articles ou la conjugaison des verbes passent à la trappe. Elle dépose d'une voix sourde et chaude.

– Milena devient jeune fille. Jeunesse difficile en Serbie. La guerre, la dictature, la pauvreté de tous, de ma famille... J'étais médecin, vous savez. Je suis devenue autre chose, après longs et douloureux combats. Ma fille, mon foyer, indigents, rejetés par pouvoir en place. Après, meilleure fortune revient. Mais pas vite, pas sans drame.

L'avocat général Savary passe mentalement en revue les innombrables articles parus à son sujet dans la presse internationale. Quel destin ! En 1979, elle dirigeait l'hôpital général de Pristina avant de fonder une clinique à Sarajevo, première unité de soins disposant à l'Est d'une banque de don d'organes. Pressentie pour le prix Nobel de médecine, d'obscures raisons l'en écartèrent. Sa carrière politique débuta confusément. L'expulsion par l'armée croate de cent mille Serbes de la région de Krajina lui permit de dénoncer « ces officiers américains retraités supervisant l'opération, forcément approuvés par le Pentagone ». La formule, reprise par *Le Monde diplomatique* et la presse yougoslave, fit mouche. Le président Milosevic la cita en exemple. Issufi Kolina fustigeait pourtant « cet ancien bureaucrate stalinien devenu un vieillard nationaliste ardent défenseur de la propriété bourgeoise ». En mars 1999, lors de l'intervention occidentale au Kosovo, elle avait libéré sa rancœur sur le World Socialist Internet Site : « L'attaque aérienne d'un pays de moins de dix millions d'habitants par une coalition de puissants constitue un scandale planétaire. » Là encore, l'expression forte de convictions, d'autant plus sincères et sévères qu'elles émanaient d'une adversaire déclarée du président serbe d'alors, avait frappé les estomacs saturés de la gauche île-de-Ré-Lubéron-peau-de-lapin. Dans l'après-guerre, au réveil du peuple serbe, alors que Kostunica se posait comme un candidat parmi d'autres, elle le soutint, le promut, au côté des grévistes mineurs de Kolubara ou au sein de la confédération syndicale indépendante Nezavisnost. Présente lors de la manifestation du 5 octobre 1999, avec trois cent mille de ses compatriotes dans les rues de Belgrade, elle permit la victoire de Kostunica. En quelques jours, le docteur Kolina, la révoltée, la militante, accéda aux manettes du pouvoir, nommée secrétaire d'État à l'action humanitaire. Sans désarmer, elle obtint de Bruxelles deux cents millions d'euros, soit cent soixante-treize millions de dollars, pour « stabiliser la difficile économie de son pays ». La dernière photographie d'Isufi Kolina, diffusée par l'agence Reuter, la montrait en train d'accueillir un convoi de vingt camions transportant quatre cent soixante tonnes de fioul à Sremska Raca. L'ineffable Michael Graham, représentant l'Union européenne à Belgrade, expliquait comment elle avait permis à cet effort humanitaro-politique de traverser la frontière de l'entité serbe-bosniaque, parlant « d'un savant dosage d'héroïsme et d'obstination féminine ». Évidemment, la fille d'une telle mère se cherchait... Comment construire son identité, à l'ombre d'un tel personnage ? Madame Kolina trouve les mots pour le dire à la Cour.

– Quand argent revenir dans notre famille, Milena veut ordinateur. Pour l'Internet, voyez-vous, une porte ouverte sur le monde... Le pire comme le meilleur. Mais pour l'instant surtout le pire. Milena, approchée par Kosovars sans espoir donc sans scrupule, croit à une amitié de jeunes gens. Une fraternité juvénile, transcendant questions ethniques. D'un e-mail, elle surfe vers forum de discussion, puis d'un « chat » vers rendez-vous réel dans boîte de nuit de Belgrade. Un club fermé depuis par l'armée. Où jeunes femmes recrutées par étapes : drogue facile, ensuite payante, enfin l'Occident, autre miroir aux alouettes, trop gentilles alouettes. L'Occident pour y être vendue. Le mirage de l'Ouest. Ces ordures affirment à Milena qu'elle pourra tout y faire, tout y vivre. À condition de se prêter aux exigences d'un amant français. Riche, comme sa famille autrefois, sans doute plus encore... Il est certain qu'avant, elle dressée au sexe.

L'assistance, tétanisée, se tient comme un lièvre dans le faisceau d'un phare. Isuffi Kolina a pudiquement prononcé ces mots. À distance. Elle poursuit en démontant le mécanisme : le virement swift de Giacometti contre l'achat du billet, le voyage à Bruxelles, en transit vers la France. Virevoltant soudain, elle soutient sans faille le regard absent de l'accusé, tassé dans son box.

– Vous avez voyagé avec bel objet-souvenir... la fille de quelqu'un. Ma fille, ma chair, mon sang !

Bernard Graphite frissonne. Mal barré le Giacometti ! Va ramasser dans les cinquante piges incompressibles, avec cette charge de cavalerie de la mère-courage... Conscient du danger, maître Stacko racle bruyamment sa gorge. L'émotion ne l'étreint pas, il pince une corde professionnelle : toujours rabaisser d'un cran une tension dramatique défavorable, par une toux, des sécrétions sonores, un éternuement ou n'importe quelle diversion. Une œillade vésicante du président, l'agacement d'un public fasciné, la moue désapprobatrice de l'avocat général le poussent à abandonner cette stratégie désespérée, désespérante.

– Milena disparue, poursuit madame Kolina, j'ai demandé à détective privé moscovite diligenter enquête. Lui spécialiste. A localisé Milena en France. Ami ministre en mon pays m'a conseillé recours à justice française. J'ai rencontré monsieur le procureur...

Isuffi Kolina désigne Savary qui jubile sous son masque d'intouchable. La mère éplorée a besoin d'un chevalier du droit, il porte ses couleurs. L'opération tapis rouge se déroule au mieux.

– Si seulement j'étais arrivée plus tôt, regrette Isufi Kolina, le regard en piqué sur le box des accusés.

Elle termine, se tait.

« Et le silence qui suit est encore d'elle », paraphrase Antoine Potest en son for intérieur. Une telle femme vous guérirait presque de l'homosexualité. Des questions ? « Va sucer le prince Vlad III Dracula, et fais-toi empaler dans les monts obscurs des Carpates, pense Stacko en répondant : Aucune question, monsieur le Président ». Les spectateurs, encore sous le choc, s'apprêtent à souffler lorsque dans un silence de cathédrale Marie-Ange, l'ex-femme de Giacometti, se lève et se dirige vers Isufi Kolina pour l'étreindre. Les deux femmes demeurent ainsi quelques secondes puis chacune regagne sa place les yeux bouffis de larmes.

La voix. La voix. Celle de Milena chante à mon oreille comme un galop de chevau-légers, « encore, encore, jouer. Tu m'aimeras mieux plus tard. Ton âme pénétrera en moi, connaîtra l'instant exact où ta force m'emporte ». Mère et fille possèdent un timbre identique pour qui sait boucher les trous de la syntaxe. La voix de Milena m'avait asservi avant que je découvre les trésors de son corps, sa quête incessante de plaisirs inédits. Les effets du sexe, de la musique ou de l'alcool relèvent du même mystère. Pourquoi certaines peaux sont-elles conductrices d'un fluide nucléaire ? Il faut l'avoir ressenti, s'y être carbonisé l'esprit pour ne plus courir après d'autres expériences. Un type de mon acabit croyait posséder une pratique universelle des femmes, et pourtant je n'étais qu'un vulgaire collectionneur, goinfre et glouton. Auprès d'elle, le sexe devint un amusement à la fois loufoque et trop sérieux pour accéder au rang de science des adultes. Il suffisait de jouer. Au jeu du dictionnaire, par exemple. Dans un réduit attenant au salon, Milena avait découvert des cartons de livres qu'elle dévorait, s'aidant parfois d'une antique encyclopédie dont elle connaissait par cœur les rares pages en couleurs consacrées à la peinture. À la nuit tombée, j'arrivais au « Nid rouge », cette maison isolée de Ploucastel sans connaître le scénario de la soirée, Manet, Watteau ou Fragonard. Son imagination sans bornes dégottait toujours dans le grenier les oripeaux nécessaires à nos fantaisies. Combien de fois avons-nous « déjeuné sur l'herbe » ? Milena, coiffée d'un canotier dépaillé, gilet de velours grenat sur corsage aux dentelles rafistolées, m'attendait devant un bon feu. Ces soirs-là, je m'appelais Gaston, parfois Jules, employé des chemins de fer ou compagnon charpentier, et elle Louison, toujours Louison, petite main chez une modiste. Jeu de patience. Elle se tenait ainsi, face à la cheminée, une jambe repliée sous les fesses, l'autre genou comme un piquet de tente soutenant le dôme mystérieux d'une ample jupe sombre taillée dans un couvre-lit à franges. Il me fallait enfiler un caleçon jaunasse de grand-père, de grosses chaussettes et un mauvais gilet. « Mon pauvre ami, vous avez pris l'averse et maintenant vos beaux habits du dimanche sont à tordre ! » Je séchais, dos à l'âtre, tandis que les flammes en goguette balafraient son visage d'arabesques orangées. Nous nous inventions des vies d'un siècle fleurant encore l'absinthe et la poudre des anarchistes puis croquions dans des casse-croûte de gros pain. Joues rosies par le cahors, la pudeur de sa pose prenait de la gîte sans qu'elle cesse d'évoquer les copines d'atelier ou les exigences de la patronne. Au ralenti, le genou ouvrait son compas magique, bas de coton noir qui, en haut du mollet, disparaissait sous les froufrous d'un pantalon bouffant à la mode des danseuses de can-

can sur les tableaux de Lautrec. Sa jupe, soufflet de bandonéon, jouait alors une valse lente dans le tombé d'un pli savamment arrondi entre les cuisses, vu, pas vu, et négligemment elle croisait ses mains derrière la nuque, plaisant dérivatif à la partie de cache-cache entreprise par les jambes. Aussitôt, le boutonnage du corsage, usé jusqu'à la corde, prenait des libertés entre ses seins. Houle de chair au creux du décolleté en flèche et, pudique, gonflant la poitrine, elle rajustait un pan de tissu avec pour effet de tirer sur l'autre. Sa moue de duègne, ses pupilles au ciel manifestaient une panique de gamine à l'idée de se dévoiler. « Gaston, soyez homme du monde, regardez ailleurs, le temps que je remette de l'ordre dans ma tenue. » Manière de se faire obéir, elle s'asseyait alors en tailleur et, de sous les entrelacs de rubans en vadrouille, le pantalon soigneusement décousu bâillait, fenestron ouvert sur le trésor d'une estafilade hirsute. Énigme de la génétique ou plutôt héritage d'un père à moitié turc affirmait Melina, la blondeur légèrement cuivrée de ses cheveux conduisait sur une fausse piste naturelle. Brune, elle l'était des aisselles au dévers des fesses, une brune fournie, luxuriante et sauvage. En quelques mois, son impeccable triangle à la mode s'était mué pour mon plus grand bonheur en une friche capiteuse qui, du nombril, descendait en spirale pour prendre ses aises jusqu'en haut des cuisses. Rajustés en vitesse de crainte d'être surprise, les affûtiaux de Milena viraient soudain au savant débraillé d'où pointait un téton. « Ne seriez-vous pas en train de vous rincer l'œil, Gaston ? » Entre pouce et index s'ensuivait une sarabande de facéties sans cesse renouvelées. Les yeux clos, sourire argentin aux lèvres, elle s'offrait en spectacle, assurant l'image et le son d'exigences confessées sur un chapelet de soupirs. D'un revers d'ongle, le granulé des aréoles prenait de la consistance avant qu'elle soupèse ses seins d'un geste preste puis triture à en gémir les mamelons. « Regarde, mate, mon amour, je mets mon corps en branle pour toi, ma branle au corps pour toi, toi qui me retiens ici avec la porte ouverte, toi qui m'obéis au doigt et à l'œil, c'est comme ça qu'on dit ?, à l'œil et au doigt plutôt, toi, prisonnier du sort que je t'ai jeté... » Un poignet mousquetaire descendait alors le long de son ventre et la main disparaissait sous le fouillis des fanfreluches. Lui revenaient les cours de gymnastique obligatoires de son enfance, basculée d'un bloc sur le dos mais jambes tressées en un souple arceau, la fourche de deux phalanges déblayait le terrain pour mettre à jour les pétales d'un coquelicot dont elle effleurait, index humide, le pistil. Interdit de céder à la torture, de goûter à l'aiguail éclos sur l'herbe du déjeuner. Je conservais la pose à la façon d'un porte-drapeau doublement manchot, les adducteurs en feu sous la tension du membre dressé. Milena demeurait pour quelques minutes encore l'unique actrice du tableau. Crescendo de ressacs poisseux, la pulpe du majeur puisait la cyprine à sa source, s'en enduisait le déclic et les mamelons, replongeait, suçotait puis, tout à trac, étourdie, à bout de souffle, affamée au seuil d'un plaisir qui l'aurait repue, elle basculait sur le flanc. « Gaston, Gaston, soyez pieux. » Accroupie, elle s'empalait sur moi pour ouvrir les vannes de l'inavouable, se soûler des mots orduriers que j'avais dû lui apprendre, « Dieu que j'aime ça, le mâle qui me bouche et me débouche. Gaston, gros salaud, tu m'enchibres jusqu'aux amygdales, t'astiques ma moule de gorette sur ton zgeg, ta queue, ton gourdin qui me bourre. Sens-tu la mouille, Gaston, qui dégouline de ma chatte en feu, ah ça glisse depuis le fond, ça dégouline tout gras autour de ton bout jusqu'à te poisser les couilles. Tiens, j'en pisse de bonheur. Attends, attends, ne bouge plus. Voilàààà, je remonte, juste le gland qui m'écarte, me force l'entrée, oh, oh, ma fente te pompe, tu te fais traire la bite, hein Gaston, j't'tire dessus, allez renfourne-moi la foune, au trot, au trot, c'est bien petit écuyer, tu montes ta jument, hein Gaston, je suis ta jument, oui, trempe un doigt, glisse-le dans mon p'tit trou, bouge, bouge, vrille-moi le cul ! Prise de partout Milena. Je te le ferai, tu verras, en te suçant. Dis, tu l'aimes ma raie touffue de sauvage, ma motte de paysanne du Danube ? C'est ça, pince, pince encore mes lèvres, fais-les rouler autour du bouton, allonge-le, décapuchonne-le... Oh, je rêve ou quoi ? T'as encore grossi ? Toute remplie Milena, toute remplie ! Force-moi, 'clate-moi la matrice. Mes seins maintenant, tords le bout, plus fort, écrase les tétons de ta garce, pose-m'y des bijoux en or, oh, ça vient, fesse-moi, fesse mon gros fion à pleine main, ça me vient des nichons jusqu'en bas, galope, galope sur ta salope, szent itszangoncz tabani kozeppppppppp[1]. » Et j'explosais en vol sous le poids mort de son corps.

1. « Gicle-moi ton foutre jusqu'au cerveau »

Incroyable, je bande en plein milieu de mon procès. Pourvu que le président ou Stacko ne me demandent pas de me lever... Quoi ? Quel est ce barouf ? Le visage entre les mains, j'écarte discrètement les doigts afin de jeter un œil en direction de la grande porte. Lui ? Mais que fout-il ici ? Son nom me revient instantanément. Victor Boudreaux, le privé que la compagnie d'assurances avait missionné après l'incendie de l'hôtel des Lys. Il se prend de bec avec un gardien de la paix sur le pas de la porte.

– Silence ! ordonne Potest. Que cet individu entre ou sorte mais surtout qu'il se taise.

Le battant se referme sur lui. J'ai débandé.

CHAPITRE 7

C'est l'heure où les racailles à capuche, tombées du lit depuis peu, passent au palais de Justice saluer leurs copains jugés en correctionnelle, l'heure où les vieilles peaux prennent le thé et les grands fauves leur maîtresse. L'après-midi vieillissante ralentit sa course. Dans une atmosphère attiédie, l'estrade où trône Savary exhale un parfum de triomphe. En satrape victorieux, le procureur pressent l'issue glorieuse et se prépare à l'explosion de la mine activée par Mme Kolina. Elle pétera au moment du verdict en pleine gueule de ce Giacometti évaporé. Maculée du sang des autres – avocat, accusé, francs-maçons et trafiquants de chair –, la robe du magistrat virera à l'écarlate. Longue vie au témoin à charge, mort à la défense, vive la promotion !

Mais le moment n'est pas encore venu. Restent quelques formalités. Impatient, déjà condescendant, Savary contemple Stacko en contrebas, estourbi et résigné comme un comateux en phase terminale.

« Debout Stack, la Justice t'attend. » Ce matin, une

divorcée de fraîche date l'a tiré du sommeil avec ces mots. Une adorable Réunionaise rencontrée la semaine précédente, oubliée la semaine prochaine. Comme la suivante, espère maître Stacko. Les femmes se succèdent, l'injonction demeure : Réveille-toi. Les mots des braves gens, chantait Léo The Last avec sa gueule impossible. Juste des mots, de la bienveillance mise en musique, une bouche féminine en guise d'ampli. Dépêch'toi, mon Stacko, j'suis garée en double file, sifflote mentalement l'avocat. Il est temps de stopper la volée de coups encaissés par la défense. Ras le rabat blanc !

Écoutant la voix des sirènes, il sort du coton, claque son dossier contre l'acajou du pupitre et quitte la salle d'audience en roulant des épaules, un goutte-à-goutte de fiel dans chaque pupille.

Brutalement interrompu dans sa silencieuse évocation d'*Il bell' Antonio*, Antoine Potest reste interloqué, le temps d'évacuer Marcello Mastroianni et Claude Brasseur squattant ses rêves. Le pan de la robe de Stacko s'évade, juste avant que la porte ne se referme sur lui. La sortie de l'avocat provoque finalement un haussement de sourcils du président, un léger spasme de Savary, un souffle d'étonnement dans le public. Azoulay, qui connaît la musique, ne bronche pas mais s'interroge sur l'éclat du bavard. Partir n'interrompt rien, n'influe pas sur l'inexorable cours du procès. Alors à quoi bon ? Que manigance ce faiseur de cocus enrobé ? Bof, les voies de la défense ressemblent à son ex-épouse. Impénétrables... The Show Must Go On...

Serment prêté, un insipide témoin succède à Mme Kolina. Un homme épais comme un séquoia adulte, sans cou, dont la chevelure porte les stigmates d'une casquette sempiternellement vissée, ôtée pour l'occasion.

– J' sus' un habitant de Ploucastel. La maison voisine de la villa Giacometti, pour ainsi dire. Y a environ trois kilomètres de terrain entre nos propriétés. J'ai rien constaté d'anormal. Ni vu ni entendu. Pas de rumeur non pu'. Autrement j'aurais fait mon d'voir.

– Avez-vous terminé votre déposition, monsieur ? avance poliment Potest, se disant que ça ou rien...

– Ah non, j'ajoute que j'ai z'été ému aussi par le sort de cette mère yougoslave. Une grand' dam', monsieur le président.

Ses neurones se cherchent, deux se trouvent...

– J' lui fais mes excuses, au nom de tous les habitants de Ploucastel !

– Je devine pourquoi, tonne Savary, levant ses manches lustrées. Ce brave homme lit la presse. « Ploucastel, la commune de la honte », titrent les journaux. Mais comment auraient-ils su, ces citoyens honnêtes, que tout près de chez eux vivait recluse une esclave ?

« Notre Cicéron de péplum prend son envol, rumine le président Potest. Démagogue et ronflant, dans ce métier il ira haut. Le ciel est sa limite ! »

Au niveau inférieur du Palais siègent les locaux du conseil de l'ordre puisque les avocats, en parasites, vivent dans les bas étages de dame Justice. En sous-sol donc, Stacko ouvre son vestiaire, s'empare d'un portable Alcatel One Touch 701 et compose d'un pouce nerveux une mélodie de chiffres.

– Stacko à l'appareil. Tu te souviens de l'opération « Entonnoir et camisole » ? Bon ben tu déclenches, j'attends ton fax... Ouais, tout de suite, au cabinet. Ma secrétaire acheminera. Salut.

Et d'un ! Sous son doigt jouent dix nouvelles notes électroniques.

– Bonjour madame Fumet, content de tomber sur vous, c'est maître Stacko... Vous devinez l'objet de mon appel ? Non, madame Fumet, vous ne pouvez vous défausser. Il faut venir au Palais, maintenant. N'oubliez pas l'attestation... Attention, madame, une dérobade et je vous fais poursuivre pour entrave au fonctionnement de la justice. À bientôt.

Il range son joujou d'homme postmoderne. Et de deux ! Remontant dans la salle des pas perdus, l'avocat croise les gambettes lycra et les pupilles affûtées de la louve de Tévé Une, accotée à une colonne. Un sourire hausse les pommettes de la fille lorsque Stacko reparaît.

– Où allais-tu ?, ose-t-elle. Tu semblais colère.

Et s'il faisait de cette pimprenelle son quatre heures du mois prochain ? On ne va pas se renifler les humeurs pendant des lunes, la blonde et moi, songe-t-il.

– Je voulais que tu me suives... T'as été gosse ? Tu te souviens des pensées magiques ? ment-il avec l'aplomb d'un arracheur de dents. D'un avocat de dentiste, plus précisément.

La belle inscrit la surprise sur ses traits, dessinant un arc avec ses sourcils.

– Tu es entrée dans ma tête, poursuit Stacko à présent complètement éveillé. Je ne peux t'en chasser. Mais je ne sais pas si je te plais. Alors je me suis parié, comme un môme, que si je partais tu me suivrais...

Il s'interrompt, met de l'ordre dans son visage, focalise la profondeur de son regard jusqu'à paraître beau. D'ailleurs il l'est. Et le sait.

– Alors ?, minaude-t-elle.

Stacko jauge le terrain. À l'extrémité du hall, un policier en faction scrute les carreaux de marbre au sol. Trois badauds discutent, deux confrères devisent... Trop fréquenté pour jouer ici le deuxième acte. Pourtant, l'heure tourne, foutre Dieu. La saisissant par le bras, il l'entraîne à gauche toute, couloir D du palais, direction la cage d'escalier nord, déserte depuis la pose de l'ascenseur dans l'aile sud. Ses doigts délicatement pressés sur l'étoffe, il conduit. La journaliste, menée par la manche, suit au pas cadencé par la faute d'une jupe trop ajustée.

–T'as pété un câble ?, pouffe-t-elle tandis qu'il choisit l'angle mort, derrière un pan du mur, et l'y refoule gentiment. Stacko enveloppe sa nuque de sa main creusée, se penche vers elle, qui ferme les yeux, incline la tête, entrouvre la bouche. La mignonne se dévoile. Il faut une sérieuse habitude du patin inopiné pour signifier si vite un consentement sans équivoque. Leurs lèvres se collent. Stacko adore cet instant précis. À chaque fois... Rien ne soutient la comparaison avec la première érection du premier baiser. Quand les mamelons se frôlent. Lorsque, emporté par cette danse de limace, il mange une bouche friande de le dévorer aussi et que, sans effort, la bête durcit, plus bas, poussant du gland le tergal du caleçon, comme un taureau têtu encornant une cape rouge. Ils stoppent, inspirent, replongent. Miam ! Se cambrant, l'homme darde fièrement contre l'entrecuisse de sa camarade de jeu. Elle le flatte du bassin, l'encourage de salive redoublée.

La sonnerie actionnée par l'huissier annonce tout à trac une suspension d'audience. Les jurés sortent pisser, les magistrats téléphoner, les journalistes bavarder. Le couple se sépare prestement, ajuste ses vêtements et s'ébroue, charnellement complice. Le greffier de la cour d'assises, gai comme un convoyeur de fonds, emprunte l'escalier et s'arrête. Juché sur la troisième marche, il jette un air consterné sur ces deux zigotos, opine avant de poursuivre son ascension. Stacko débande langoureusement, l'œil luisant d'une flamme intérieure dont il réchauffe la journaliste.

– Je prépare un coup, beauté, murmure l'avocat en arpentant le couloir en sens inverse.

– J'avais remarqué, ironise-t-elle. Le bout de sa langue rippe sur ses dents de la chance.

– Non, je veux dire un vrai barouf judiciaire. Je cite une témouine imprévue et ça devrait envoyer le bois.

– Qui est-ce ? Tuyaute-moi parce que mon deux' trente est bouclé pour le vingt heures. Ça change la donne, ton truc ?...

Au bout du couloir, elle reprend déjà le ton de magnétiseur propre à Tévé Une.

– T'angoisse pas, le v'là mon full aux as ! triomphe Stacko.

Il désigne du menton une femme à la trentaine entamée, coupe au carré de cheveux châtains mêlés de reflets brique, pantalon style jodhpur et boots en stretch caramel. Figée dans un parka en croûte de porc elle jette alentour des regards suspicieux à la manière d'un oiseau de proie. Sa silhouette évoque vaguement dans l'esprit de Stacko une conquête rendue depuis à son mari, une chef de rayon à la parfumerie des Galeries Lafayette qu'il avait défendue dans un dossier de harcèlement sexuel.

– Madame Fumet, heureux de vous voir... Vous avez le papier ? s'enquiert l'avocat.

La bouche pincée, elle tend un feuillet.

– Merci. Ne bougez pas de là, on viendra vous chercher, intime l'avocat.

Reste à convaincre le président, lui assener le coup du pouvoir discrétionnaire, sur l'air des droits de la défense. « Que sera verra ».

Stacko, négociateur patenté d'arrière-salle, saute sur le paletot du président Potest, complotant la fin de la suite avec l'avocat général, à l'abri des regards dans un recoin de Palais. Sans détour, l'avocat confie aux deux magistrats que le témoin Mme Fumet débarque à l'instant et qu'il souhaite la faire entendre.

– Ce n'est pas régulier, maître Stacko, rétorque Potest.

– Son identité, sa profession et son domicile ont été signifiés au parquet vingt-quatre heures avant l'audience, dans le respect de l'article 281, assène Stacko.

– S'agit pas de ça ! répond Potest agacé. Nous avions remarqué l'inscription de ce témoin sur la liste. D'ailleurs, nous nous interrogions sur sa qualité... Vous la sortez d'un chapeau après dix-huit mois d'instruction.

– J'en ai le droit !

– Je ne vous le conteste pas, tranche le président, mais ce témoin était absent lorsque l'huissier a procédé à l'appel. Je n'ai pu lui ordonner de se retirer dans l'antichambre réservée à cet effet. Les dispositions de l'article 325 du code de procédure pénale ont donc été violées...

– Elles ne sont pas prescrites à peine de nullité, monsieur. La cour de Cassation le répète depuis 1887 !, excipe l'avocat.

Potest accuse réception de l'argument avec une mine d'enfant giflé, puis se tourne vers le procureur.

– Votre position, monsieur l'avocat général ?

– Je ne crains aucun témoignage, mais fais grand cas du respect de la loi, vous le savez..., réagit Savary.

– Certes, mais encore ? traduit Potest, pensant qu'au lieu de pérorer son collègue ferait mieux de répondre.

– Ce mystérieux témoin a pu conférer avec d'autres, assister aux débats, ergote Savary.

Stacko attendait que ce coup fût joué. Avançant une pièce sur l'échiquier, il proteste, sûr de lui.

– Je verse un écrit de son employeur, certifiant qu'elle n'a pas quitté son poste de travail de la journée. Elle a déjeuné d'un frugal sandwich dans les locaux professionnels, sans presse ni radio à portée de main.

Avisant les airs empêtrés de ses interlocuteurs, Stacko fait sauter une case à son cavalier virtuel.

– Bien. Pour éviter tout danger procédural, la défense demande l'audition de cette dame à titre de simple renseignement, en vertu de...

–... de mon pouvoir discrétionnaire, complète sèchement Potest, déjà furieux de s'être fait damer le pion.

– Quant à moi je ferai connaître mon opinion à la reprise d'audience, lâche Savary en fuyant vers les toilettes que la troisième jurée quitte enfin.

Une poignée de minutes plus tard, l'huissier poussif tire à nouveau les pieds de la fée Clochette. Éreintés par les dizaines de dos échoués, les bancs crient grâce. Malin, Bernard Graphite, resté à l'intérieur, a progressé de trois rangs. Et s'en félicite. Comme la lumière du jour, la voix d'Antoine Potest décline à l'heure d'annoncer la déposition imprévue de Mme Fumet. Aux tréfonds de son être, mijote une marmite de contrariété. Stacko cultive un souci vétilleux de la nullité de procédure. L'impression d'avoir cédé au génie destructeur de l'avocat taraude le président, qui espère que Savary n'en rajoutera pas en dernière minute.

– Pas d'objection, monsieur l'avocat général ?

– Aucune, articule l'homme en noir... Mme Fumet n'a pas assisté aux débats précédents, comme le souligne son employeur dans l'attestation que maître Stacko a eu la grâce de me faire parvenir.

Intimidée, la nuque couvée du regard par la salle comble, Valérie Fumet rassemble ses forces et enfouit un trac de starlette en déboutonnant son parka sur un chemisier léopard. Identité mâchouillée, « née à Toulouse, vendeuse en lingerie féminine », elle inspire une bolée d'air qui aussitôt prend des arômes cassoulet.

– Cette affaire, parce qu'il faut bien parler d'affaire, m'a interpellée quand, chez mon amie Viviane, j'ai reconnu Milena Kolina aux côtés de sa maman dans *Paris-Match*. Ensuite, j'ai lu dans l'article qu'on soupçonnait monsieur Giacometti de s'être livré à des attouchements sexuels puis à des actes de psychopathe ou de serial killer comme on dit maintenant. Immédiatement j'ai dit à Viviane que c'était im-pos-sible. « Comment le sais-tu ? » elle m'a rétorqué et je lui ai tout raconté parce qu'entre nous, on ne se cache rien. L'amitié, hein, c'est aussi précieux que l'amour.

Elle observe brièvement le président, perçoit un intérêt rallumé dans ses yeux pochés et, continue rassérénée.

– Un beau jour de printemps, sans soldes ni rien, je me trouvais seule au magasin, chez Féminité et Séduction, rue Malproiseau, j'en profite pour faire un peu ma pub, hein ! Je vends Lise Charmel, Aubade, Barbara... Que de la qualité ! Ils sont arrivés main dans la main. Une relation à la colle forte, ça sautait aux yeux... Donc j'ai formellement identifié monsieur Giacometti et la jeune dame qu'ultérieurement je reconnaîtrai tout aussi sûrement dans *Paris-Match*, je veux dire après le drame, bien plus tard. Je ne sais pas si je communique bien comme on dit maintenant...

Potest adopte une attitude de génisse bernoise ruminant des pensées neutres. Rester impassible, le balbutiement des rudiments de son métier. En réalité le magistrat se met sur écoute, sérieusement accroché au boniment de cette pétauriste qui virevolte sur les lieux communs et jongle avec les tics de langage. Le président reconnaît en elle une figure classique des procès fleuves, le témoin qui s'approche emprunté, presque en crabe, front timide, et s'anime soudainement à la barre, s'exprimant une fois lancée avec l'aisance d'un politicard sous les préaux. Mme Fumet se range dans cette catégorie des faux timorés. Des fausses, remarque Potest, car il s'agit le plus souvent de femmes. Dieu sait pourquoi, lui qui les a inventées.

– Ils ont farfouillé en rifaniant, de-ci de-là, comme souvent les couples. Un joli couple, surtout elle qui m'a espantée par sa classe dans son petit tailleur de grande maison. Je l'ai devinée étrangère, sans pouvoir imaginer d'où elle venait. Une fille inspirante avec, comment expliquer ?, le parler normal mais un rire pas de chez nous. Elle faisait, si je peux permettre, kiffer grave monsieur Giacometti comme disent les jeunes maintenant. Sans les épier j'ai vu ses mains le trahir, qui la frôlaient façon furtive. Bref, ils se baguenaudaient dans les rayonnages. Madame envisageait une guipure de chez Chantal Thomass très tendance, une sorte de bustier combiné à un slip tanga, comme une guêpière mais plus sympâââ, lui ai-je spécifié en ouvrant la cabine d'essayage... Le Muscat, un bordeaux souligné de marine, lui allait comme un pompon à un matelot. Monsieur Giacometti en bavait, on aurait dit un crapaud amoureux. Une expression de chez moi, excusez-moi, monsieur Giacometti. Mais convenez que lorsqu'elle a rouvert le rideau de la cabine, vous étiez comme une bouillotte.

– Ne vous adressez pas directement à l'accusé, madame !, rappelle Potest, une once et demie de sympathie dans la voix.

Sur son bloc, pour mémoire, Azoulay note le nom de

Warhol en espérant placer une allusion à cette « star d'un quart d'heure » dans son article.

– Pardon, j'ignorais la règle, complète Mme Fumet avant de renchérir. Donc il effleurait les lotus brodés, soupesait les tulles superposés, elle se tortillait en grimaçant, et moi je sentais qu'ils n'allaient pas l'acheter. J'ai offert illico la version Cèdre, un camaïeu de verts profonds. Et quand mademoiselle réapparut, là, ça le faisait carrément, comme on dit aujourd'hui. À un point presque palpable. N'empêche qu'elle ne trouvait pas l'étoffe assez glamour. Heureusement, j'avais ce modèle en acétone, rayonne et viscose, beaucoup plus mouv', que je leur ai proposé. Monsieur Giacometti a murmuré quelque chose du genre « faut que je touche » et a posé la main sur les fibres. À ce moment, je me suis éloignée. Dans le commerce y a l'essai-émotion. On m'a enseigné ça à Blagnac. Vous influencez le client, et l'abandonnez seul avec le produit à l'instant « J ». Seulement, cette fois, ça a pris une drôle de tournure...

Contre toute attente elle brise là son récit, front bas et empourpré. Potest intime aux parties de poser leurs questions au témoin. Savary agite la main négativement, Stacko prend le relais.

– Que s'est-il alors passé, madame Fumet ?

– Ben... ils ont... eu un... rapport dans la cabine d'essayage. J'ai même fermé boutique pour les laisser finir. Après ils m'ont pris la guipure cèdre en fibre artificielle, trois mille sept cents francs, mine de rien.

Elle réfléchit puis reprend.

– Quand j'ai raconté la scène à Viviane, elle m'a

affirmé qu'il fallait en parler à maître Stacko, l'avocat de monsieur Giacometti. Paraît que c'est pas légal de garder pour soi dans ces cas-là... En plus Viviane vous connaît bien, maître, comme client.

La salle bruisse, Stacko glisse et rebondit.

– Vous ont-ils donné ce jour-là une quelconque impression de rapt, d'enlèvement, de viol, de séquestration ?

– Absolument pas, répond-elle. C'étaient des amoureux comme j'en vois souvent !

– Merci, madame l'expert, termine Stacko.

Sur son banc, l'ex-épouse de Giacometti, les yeux au plafond, marmotte une inaudible supplique, elle qui sous sa jupe en sergé à carreaux cerise-marine porte un collant antifatigue beige et une culotte emboîtante assortie à un cœur-croisé ivoire. Que d'argent envolé pour habiller une mijaurée en putain... Deux rangs derrière, Graphite se souvient de Mme Graphite, quelques années plus tôt, en baby-doll canari des 3 Suisses et du contre-jour de la lampe de chevet qui en faisait un top model fellinien. Le stylo d'Azoulay demeure, lui, en suspension. Voilà une rubrique croquignolette à joindre au site Internet qu'il prépare. L'influence des punks et de Vivienne Westwood sur le renouveau de la lingerie... Au 100 Club ou au Marquee, Viv Albertine, Siouxie, Cherry Vanilla, sans parler de la chanteuse de Martha and The Muffins qui en front de scène faisait le plan du pied posé sur les enceintes de retour, avaient réhabilité résilles et jarretelles. Le journaliste de *L'Indépendant* se promet de puiser dans sa collection de fanzines quelques clichés qui amèneront des connections supplémentaires.

Menteuse comme pas deux, cette commerçante. Parce que l'addition s'était envolée bien au-delà du chiffre qu'elle avance. Presque douze mille, si je me souviens bien. Mais douze mille en liquide, environ la moitié du dessous-de-table que j'avais touché le matin même sur la liquidation des meubles Vulpillat. Le commissaire-priseur chargé de la vente aux enchères avait fourgué à des manouches une vingtaine de fauteuils et canapés sur lesquels, au moment d'inventorier le stock, j'avais fermé les yeux... Autant dire que ce jour-là, madame Fumet a dégagé de la marge au noir pendant que, nous, nous dégagions les effluves de l'amour.

Toujours dans cette vieille encyclopédie, *Les hasards heureux de l'escarpolette*, un tableau de Fragonard avait suscité chez Milena de nouveaux désirs. Depuis une quinzaine, nos jeux de rôle tournaient au sang bleu décavé, elle duchesse, moi jardinier embauché de frais. Manquait hélas à cette ultime fantaisie des bas de coton blanc garnis d'une jarretière de dentelle semblables à ceux exposés dans la vitrine de Féminité et Séduction. À l'idée de m'accompagner dans la boutique, elle avait battu des mains puis, se troussant, comme par hasard cul nu, s'était lamentée sur les indispensables froufrous d'une femme de son rang. Sur place, la profusion de dessous lui était montée au ciboulot en de multiples scénarios inédits. Lorsque, ainsi vêtue, elle sortit de la cabine, Milena n'était plus une quelconque duchesse mais Marylin Monroe dans ce film, *Le fleuve du retour* ou un titre approchant, princesse de bastringue sertie d'un écrin flamboyant. Son visage de houri, sûr de l'effet produit, transpirait d'une fierté égrillarde dont ses pupilles soudain abaissées traduisirent les raisons. À l'entrejambe, le tissu soigneusement roulé formait un tortillon imbriqué à sa fente. Avec un soupir d'étonnement, elle ouvrit légèrement le genou, faisant sauter l'unique pression agrafée et, toujours avec son air de ne pas y toucher, ses doigts prirent ma tension. J'ai jeté un œil vers la boutique mais la vendeuse, à mon avis, avait depuis longtemps compris la situation. Nous ne devions pas être les seuls clients libertins à pratiquer ce genre d'essayage. Ses doigts en éventail fendirent la touffe déjà poissée d'un sillon à investir d'urgence. Paumes de part et d'autre du miroir de la cabine, elle m'offrit son cul dans l'ovale des volants et bas noirs qui lui tutoyaient le pli fessier. « Là, maintenant. S'en fout de la bonne femme. Ça ne t'excite pas, toi, d'être surpris ici ? » Ce n'était pas la première fois qu'elle m'entraînait dans ce charivari mais jusqu'à présent, au beau milieu de la nuit, dans les ruelles et recoins de Ploucastel, la présence de promeneurs ou voyeurs demeurait très hypothétique. Elle avait, dans ces moments-là, une ondulation lascive du bassin, quelque chose comme un lâcher de pieuvre au fond du ventre qui la faisait m'aspirer, me malaxer à se sentir essoré, par un harem d'anges aux lèvres de velours. « Tu viens, tu viens, je le sens », et d'un coup je fus refoulé hors d'elle pour m'épanouir entre sa paume bouillante et le revers nacré d'un bas en voile... Dieu, il lui suffit d'appuyer deux fois pour que j'inonde sa cuisse de hoquets crémeux...

– Giacometti, avez-vous un éclaircissement à apporter à la Cour sur cet épisode qui, évidemment, ne figure pas dans le dossier ?

Giacometti ? Qui s'adresse à moi ? Ah, le président Potest. Stacko se retourne, me fixe d'un œil indolent qui jure avec la fixité de son regard. Dire quoi ? Et pour répondre, il faudrait se lever. J'aurais bonne mine avec la braguette comme un spinaker ! D'un balancement de tête, j'indique ne rien avoir à ajouter.

CHAPITRE 8

La journée entre chien et loup s'apprête à baisser le rideau de fer. Les rampes du lustre, désormais toutes allumées, jettent leurs feux chatoyants contre les baies vitrées. Graphite glisse un manteau plié en deux sous ses fesses. Plus question de bouger un cil pendant au moins une heure. Le public évacue ses dernières mussitations, les gorges déglutissent quelques mucosités, la journaliste de Tévé Une se mouche avec l'espoir d'attirer l'attention d'un Stacko en maraude et l'ex-madame Giacometti déchausse son trotteur droit qui la blesse. Par la porte latérale apparaît une femme tirée à quatre épingles, chignon plus sel que poivre soigneusement étagé en volutes vaporeuses. Jocelyne Savary, l'épouse du procureur, suivie d'un boutonneux monté sur des rollers, n'aurait manqué sous aucun prétexte le réquisitoire. Surnommé « Texas Instrument » par ses camarades, Pierre-Antoine Savary, son fils, étudiant en deuxième année de droit, porte un sweater kaki Rip Curl aussi vaste qu'une tente de l'armée et un baggy Counter Culture à y loger un boys band. Au désespoir de son géniteur, le jeune homme manifeste ainsi sa rébellion, s'attifant, taudis à roulettes, de hardes plus coûteuses que le réglementaire blazer bleu-pantalon flanelle grise d'arpette juriste. Le flic en faction a failli lui intimer l'ordre de se déchausser puis s'est ravisé par crainte d'un incident diplomatique avec le procureur.

Un recueillement d'enterrement fige soudain l'assistance en une armée de santons adultes. La mère et le fils se rencognent, debout, à l'abri du box de la presse, soucieux de ne pas troubler la concentration du père.

– La parole est à l'accusation.

Minuscule phrase prononcée par Potest, pas de géant pour le procureur Savary. Le tissage patient de l'opération tapis rouge prend fin. Bientôt l'Olympe, nom de Zeus ! Certes, le doute a tenaillé le procureur un bref instant, après le désastreux témoignage froufroutant de la pimbêche toulousaine. Et si Giacometti n'avait pas... Mais quoi, une vendeuse de fanfreluches détruirait ses ambitions magistrales ? Enverrait ad patres la liste spéciale d'aptitude, le tableau d'avancement, le premier groupe ? Quid de toutes ces années à piétiner tandis que les camarades de promotion bondissaient de grade en grade ? Ces années à guetter la toux maladive d'un substitut général dont on murmurait que le crabe allait l'emporter ? Mais jusqu'alors la place, comme dans un sordide jeu de chaises musicales, fonçait toute chaude sous les fesses d'une autre vieille baderne à sang froid. Savary entre dans la carrière, ses aînés n'y sont plus. Comme dans ce chant guerrier qui fleure bon la rosette de la Légion d'honneur. Oui, ensuite, il accrochera un pin's rouge sur fond de revers anthracite. Peu importe que Giacometti, le frère trois-points anarcho-jouisseur, soit potentiellement innocent. Ses mains souillées d'argent sale et de sang lui tendent un perchoir rouge et or. L'avocat général s'en empare virtuellement pour se redresser et déverser son texte maintes fois ressassé au foyer devant l'épouse fidèle, attentive à sa progression d'échelon parce qu'il faut bien rembourser les études de Pierre-Antoine et la maison d'Oléron. Hardi !

– Un mutisme assourdissant, tempête Savary devant un parterre tout ouïe, voilà ce que l'accusé offre à cette mère endeuillée... Mesdames et Messieurs les jurés, glissez-vous dans la peau de madame Kolina. Voyez avec ses yeux, pensez avec son cœur... On vole son enfant, en l'achetant comme une vulgaire marchandise. La chair de sa chair disparaît. Elle traverse l'Europe, mais arrive trop tard. Perdue, définitivement perdue, brûlante de douleur, elle se consume du désir ardent de savoir. Connaître la vérité pour que la mort, déjà insupportable, ne devienne insurmontable. Mais non, niet, niente ! Giacometti, acquéreur satisfait de viande humaine, ne répond pas aux réclamations !

Savary imagine Fabrice Lucchini, l'acteur préféré de sa femme. La tessiture sournoise de la voix, juste avant l'éclat de colère froide, sonne vraie. Il poursuit, nasillard et élégant.

– Parce qu'il y a beau temps que l'accusé donne dans l'affairisme... Franc-maçonnerie, liquidations, liquidités, commissions, courtages ou pourcentages ne possèdent aucun secret pour lui. Maîtrisant les rouages huilés de la machinerie financière, il s'y empêtre avec un bonheur croissant, si j'en crois les relevés de comptes en banque versés au dossier d'instruction.

Sardonique, l'orateur toise l'accusé.

– Comment avez-vous obtenu cette jeune femme, monsieur le repreneur ? Et à quel prix ? L'inscriviez-vous au chapitre rémunérations occultes ? On sait les dessous odieux du trafic de sexe... Avouez donc... Je vous en conjure, mais sans espoir. Car comment se comporte un affairiste pris en faute ? Il se tait, bien entendu. Nier stupidement, comme un voleur attrapé une poule sous le bras ? Vous n'y pensez pas, très cher... Dans le grand monde, les mensonges manquant de classe, on leur préfère le silence gardé, n'est-il pas ?

Sur son banc, Graphite roule des yeux ronds. Tant d'élégance dans l'invective mérite que le jet de l'anathème devienne discipline olympique. Presque doucereuse, l'intonation du procureur enfle soudain.

– Sauf qu'il ne s'agit plus d'échanges commerciaux, monsieur l'ex-mandataire ! Nous parlons de rapt, de viol, de meurtre ! De mort violente, de vie gâchée, puis supprimée...

La prosodie chute, puis remonte dans un même souffle.

–... d'ailleurs vous ne le contestez pas.

Madame Savary étreint soudain l'épaule de Pierre-Antoine, qui oscille sur ses rollers. D'où son mari, homme si raffiné qu'une simple écorchure fait tourner de l'œil, tient-il cette brillante connaissance des mécanismes criminels ? Le tapis rouge ? Mais c'est un lit de pétales de roses qu'il mérite ! Qu'ils méritent ! Après une pause factice, l'avocat général reprend dans un cri.

– Car non, trois fois non, je le dis haut et clair à la Cour et aux jurés, les faits ne sont pas niés, ils sont tus ! La nuance ne vous échappe pas car elle bée comme la Bocca della verità à Rome. Et si la presse ne me croit pas, que les journalistes compulsent un dictionnaire.

Pour mieux capter l'attention d'Azoulay, Savary brandit un Larousse de poche, le feuillette du majeur. Gagné ! Les pisse-copie tendent l'oreille et la plume.

– À la lettre S... Signe... Signification... Silence. Voilà, là... Deuxième acception du mot : *« ne pas s'exprimer, pour ne pas divulguer ce qu'on entend dissimuler. Exemple : honteux, il passa l'événement sous silence. Antonyme : aveu ! »*

En contrebas du banc de presse, Azoulay aperçoit au même instant le chignon choucrouté de madame Savary. Il se souvient alors des B 52's, un groupe d'Athens (Géorgie), et prévoit une notule à introduire sur le site Internet. Contrairement à une interprétation d'évidence, les musiciens avaient emprunté leur nom à ce genre de coiffure et non aux fameux bombardiers.

Le procureur, ravi par l'impact supposé de sa dernière perfidie sur le bloc du journaliste, brode maintenant en couleurs le canevas de sa démonstration. Giacometti ne conteste pas les charges. Ce grand bourgeois marié, blindé de monnaie comme un fourgon de la Brink's, a tué Milena simplement pour que la vie continue. Une fois pincé, comment s'expliquerait-il ? Imbu du complexe de supériorité des renards argentés, s'épancherait-il auprès de méprisables fonctionnaires de police ? Raconterait-il un assassinat juste destiné à conserver son confort d'Occidental gâté ? L'index tendu et pierreux comme l'enlevure du manneken-Pis, Savary singe le phrasé entérique des tribuns pénétrés de leurs convictions, emportés par leur style, par la foule... L'exercice lui sied, comme un sceptre à un despote éclairé.

Antoine Potest a vu vingt fois ce numéro de voltige. Conscient des trucages, une rincée de Lucchini, le chouchou de Madame Savary, trois gouttes de logorrhée démagogique, adoucies par les indéniables facilités discursives de ce procureur, il admire cependant l'artiste judiciaire. Et jouit du spectacle en dilettante et à petites gorgées, à la manière d'un dandy dégustant un cocktail épicé. Connaisseur, Potest note que le réquisitoire escarpé du procureur masque habilement les carences du dossier. L'absence de cadavre en premier lieu. Un seul corps vous manque et tout est acquitté, prétend-on dans les prétoires. Si la défense affirme aux jurés : votez la perpétuité mais priez pour que la prétendue victime ne réapparaisse en clamant « Coucou, j'étais au Brésil, j'espère n'avoir causé d'ennuis à personne ? », la clémence ne fait aucun doute. Pourquoi les mafieux se donneraient-ils un mal de chien à fondre les macchabées dans des piliers de béton ? Quand le bâtiment va... Savary sort de cette ornière en insistant à sa façon sur la déposition du flic à l'accent marseillais.

– Milena quitterait-elle sa prison de Ploucastel en abandonnant une dent sur le perron ? Allons donc !

Le coup est litigieux, mais bien porté. Les zones d'ombre, ensuite. Au terme de dix-huit mois d'enquête, nul ne peut expliquer comment la jeune Serbe a passé l'arme à gauche. Les juges d'instruction rechignent à clôturer un dossier en inscrivant « mode opératoire inconnu » sur l'ordonnance de renvoi. Encore une source d'acquittement. Ainsi, les hypothèses bien amenées faisant fonction de vérités premières, le procureur use une ficelle de candidat aux cantonales.

– Fort de mon expérience, soutient-il, péremptoire, je vous assure, pour avoir accompagné les policiers dans le parc de la propriété de Ploucastel, qu'il est enfantin d'y enfouir une dépouille. En outre, rendu à ce point de ma carrière, une évidence médicolégale s'impose à moi : la dent éjectée de la tête témoigne d'un choc violemment asséné. Si bien que la cause du décès tient sûrement en un hématome sous-dural, consécutif à des blessures volontairement infligées à Milena Kolina par un homme dans la force de l'âge. Quelqu'un comme l'accusé.

Correctement joué, collègue procureur, convient Potest. Le juré moyen ignore que ta carrière ressemble à un escargot bavant sur une laitue flétrie. Et confond généralement pures conjectures et certitudes absolues. Parce que pour relativiser, il faut s'appeler Albert Einstein et non Ernestine Menot comme la troisième jurée. Et les huit autres sortent du même moule. Savary convainc donc le chaland. Mais ses défauts ressortent rapidement, en particulier une insupportable tendance à la prolixité. S'écoutant pérorer, il multiplie les anecdotes superflues, les vaines invectives. Passe un quart d'heure sur les relations franco-serbes, plus encore sur la franc-maçonnerie, heureux d'appartenir à la communauté des « profanes » face à Giacometti, un « éclairé » englouti sous son propre linge sale comme nombre de frères trois-points. S'étend sur la destinée tragique des enfants de l'Est, épuisant un auditoire pourtant acquis à sa cause. La pendule avance et la journaliste de Tévé Une réfléchit au repatouillage de son sujet pour le journal de la nuit. Après le verdict, Stacko l'emmenera-t-il directement à l'hôtel ou passeront-ils par la case restaurant ? À moins de régler l'affaire en cinq sec sur le canapé de son cabinet ? L'avocat sortira-t-il lessivé d'une pareille journée ou avec un furieux besoin de lâcher la pression ?

Savary s'échine maintenant à saper les bases déjà chancelantes de la défense :

– Quant à cette dame Fumet, le témoin des apparences et des dentelles... Qu'a-t-elle vu exactement ? Un homme mûr et une jeune femme se livrant à l'acte de chair dans un endroit inapproprié. Elle a cru déceler de l'amour... La belle affaire ! Et si Giacometti portait une arme cachée, comment Milena aurait-elle résisté, malheureuse esclave sexuelle ? Et si la joie affichée par Mlle Kolina n'était que faux-semblant, que pis-aller alors que là-bas, dans son pays, d'innommables crapules menaçaient des membres de sa famille ? Si cet achat graveleux constituait la seule échappée très contrôlée de sa longue captivité ? Le témoin n'a vu que ce qu'on a bien voulu lui montrer, son imagination féminine, son romantisme a fait le reste du chemin.

Bernard Graphite bâille, rêve d'une Jubilator au comptoir mais attend le tour de Stacko, comme le veilleur l'aurore. Et puis, qui sait, Giacometti ouvrira peut-être enfin sa boîte à secrets, surtout après le harassant sermon du prêcheur Savary. La harangue s'achève enfin sur cet appel en lame de rasoir.

– En exigeant à l'encontre de l'accusé vingt années de réclusion criminelle, dont quinze incompressibles, j'ai le sentiment de demander justice... Ou réparation. Ni plus ni moins.

Devoir accompli, l'avocat général s'assied à l'instant où un chuintement ténu précède un sourd fracas. Son fils à roulettes dérape sur le parquet ciré, et bascule cul par-dessus tête pour finir les jambes à dix heures dix.

La voici enfin ! La secrétaire-téléphoniste-barmaid du cabinet Stacko parvient essoufflée jusqu'à son avocat de patron et lui remet une liasse de papier thermique chaudement vomie par le télécopieur de l'étude. La glissant promptement dans le dossier lui servant d'accoudoir, Stacko remercie d'un hochement de tête, puis se prépare à l'assaut final.

– La parole est à la défense.

– J'attendais avec impatience, attaque Stacko. Mon client est muet, pas moi...

L'huissier tasse sa carcasse sur un fauteuil Voltaire. Potest se glace, Savary adresse une œillade au napalm vers son fils.

–... En priant les jurés de se mettre dans la peau de madame Kolina, monsieur le procureur joue un coup direct sur le velours d'un billard. Facile de deviner les émotions de qui les exprime... Ma tâche se révèle plus ardue. Parce que je dois vous inviter à vous mettre à la place d'une carpe, d'un mystère muet. Une énigme.

À cet instant Azoulay tente de déchiffrer une quelconque émotion sur le visage de Giacometti, prostré entre deux uniformes raides. Le journaliste a suivi suffisamment de procès devant une cour d'assises pour savoir qu'en telles circonstances, une plaidoirie s'apparente à un sauve-qui-peut, tentative pas forcément vaine, de noyer le poisson entre les failles de l'instruction. Sait-on jamais avec ces ploucs de jurés... Il se souvient avoir vu sortir libres, des braqueurs a priori noirs comme des gorets chinois.

– Je raisonne simplement, poursuit l'avocat. Je raisonne même sainement, et pose cette seule question, qui renferme toute la plénitude de vos devoirs : Giacometti ici présent est-il le même que celui que toute la ville a connu ? Cette statue de sel ressemble-t-elle à l'homme qui faisait ses courses coquines dans un magasin de lingerie, flanqué d'une jeune femme accorte, primesautière, heureuse autant qu'on peut l'être ?

« Bonne question », convient intérieurement Potest, à présent vaguement désarçonné.

– L'accusé s'est métamorphosé, comme le héros de Franz Kafka, se lance Stacko. Pourquoi ? En vérité on ne le sait pas. Meurtre ou absence ? Il vous faudrait trancher, sans autres preuves qu'un peu de sang et une incisive ? Milena a fui sa mère, son foyer, son pays, une fois déjà. En somme aujourd'hui, elle fugue encore. Imaginons qu'elle ait mis en scène sa nouvelle disparition.

Voilà qui ne lui coûte que quelques centilitres de sang, une dent...

Un murmure désapprobateur s'élève tel un vol de hannetons au-dessus du public.

– Et pourquoi pas ?, renchérit Stacko en forçant sa voix de basse. Est-ce tellement plus absurde qu'un assassinat inexplicable ? Accompli pour quel mobile ? Avec quelle arme, par quel moyen ? Qui répond à ces questions sans réponse ? Le juge d'instruction, le procureur, ou leur dossier en forme de radis creux ?

L'avocat stoppe sa diatribe, le murmure s'accroît, puis s'apaise. L'avocat reprend.

– L'étrange métamorphose de Giacometti, disais-je, dont nul ne connaît les ressorts. Quoique... J'ai interrogé un expert, pas un judiciaire, un vrai. Le docteur Pavot, membre éminent d'un institut de criminologie nancéien, auteur d'ouvrages à succès comme *Fétichistes et prostitution* ou *Tueurs en série de la France rurale du XVIII*[e].

Stacko parcours tout en parlant quelques feuillets faxés.

– Et je lis, en deuxième page de son rapport : « *Les amnésies réactionnelles, consécutives à la perte d'un être cher, suivent généralement une séparation, un divorce. Elles se parent d'un état de sidération, d'une hébétude laissant le sujet sans voix ni expression. La mémoire enfouie, pour éviter la réactivation de la douleur, entrave toute vie sociale ou relationnelle, et par sa carence, plonge l'intéressé dans une attitude mutique caractéristique du refoulement.* » Fin de citation. Un véritable portrait de ce Giacometti-là, convenez-en, mesdames et messieurs les jurés ! Un concentré de bonnes raisons de douter enfin de ces inepties présentées comme allant de soi, de ces déductions d'opérette, de ces dépositions de complaisance, vides de tout élément tangible, emplies de vent...

Il hache ses syllabes, les débite en accélérant comme un acrobate du bon mot. Se calme ma non troppo. Du Stacko staccato, en somme.

–... Depuis le départ de Milena, la vie, pour Giacometti, n'est qu'un songe absurde conté par un idiot. Il ne simule ni ne dissimule : absent, il nous observe sans voir, nous entend sans comprendre. La justice tente de faire condamner un malade, ivre de douleur mentale, refoulant ce qu'il a été. Le tout sans le moindre commencement d'indice. Et ils appellent ça un procès !

Pourquoi rester courtois ? Stacko, déjà une fois et demie suspendu pour outrage à magistrat, défend en agressant, comme un gardien de but allemand. Reste l'écueil de madame Kolina. Une statue du Commandeur pour ce don Juan du barreau, qui s'en tire avec la délicatesse du lion au banquet des gazelles.

– Madame, je comprends la douleur d'une mère... En revanche, je vous sens gonflée de certitudes qui me font froid dans le dos. Le meurtre de votre fille, que rien n'avère... La culpabilité de l'accusé, non démontrée. J'ai noté votre refus de principe de vous constituer partie civile, pour ne pas transformer ce combat en question d'argent. Le terme indemnisation vous rebute et puis, vous n'aviez pas besoin d'avocat, puisque le juge d'instruction vous tenait largement au courant des progressions de l'enquête. Vous cédez en cela aux penchants, hélas habituels, aux figures politiques : la confiance immodérée dans le système et ses acteurs. Et si la fière machine judiciaire occidentale se trompait, madame ? Vous me faites penser à cet homme lisant son horoscope en conduisant sa voiture : à peine distingue-t-il les mots « accident aujourd'hui » que, par distraction, il enfonce le pare-chocs du véhicule le précédant. C'est précisément parce que vous alertez la justice qu'elle s'emballe, et justement parce qu'elle conclut rapidement, que vous la croyez avec une foi de charbonnier... Implacable engrenage !

« Le percuteur » servait de surnom à Stacko, à l'école des avocats de Poitiers. Fidèle à cette image de pacificateur par le barillet, il enfonce le clou de l'innocence présumée de Giacometti une heure durant, ressassant ses analyses critiques et ses considérations approximatives du ton d'un boxeur contrarié. Dessinant à grands traits un accusé amnésique, soulignant la minceur pâtissière de la procédure, il se démène devant un public hostile, une salle en parfaite osmose avec les regards barbares et croisés de l'ex-femme bafouée et de la mère éplorée. Le plaideur bat secrètement le rappel des conseils d'une amie orthophoniste : colorer différemment sa voix, en changer le timbre pour capter l'attention. Et surtout ne pas le forcer, signe de faiblesse. Il questionne, soudain devenu baryton, détendu en apparence.

– Enfin que jugez-vous exactement, mesdames, messieurs les jurés ? Un meurtre ? De qui ? Où est le cadavre ? Depuis quand une dent tient-elle lieu de dépouille mortelle ? Avez-vous déjà vu une canine mise en bière, suivie d'un cortège funèbre de gencives ? Risible ! Une fiole de sang et une quenotte suffisent-elles au notaire pour ouvrir un testament ? Dérisoire, ridicule ! Ne manque à notre procureur que le témoignage d'un médium, confirmant l'errance ectoplasmique de Milena dans les limbes du royaume des morts... Des chaînes à ses pieds, recouverte d'un blanc linceul... Encore resterais-je sceptique. Sans doute trop simple d'esprit. Comme saint Thomas et les fossoyeurs, je ne me persuade d'un décès qu'après examen du corps. Réfléchissez un instant, mesdames et messieurs du jury. Dans quel inconfort moral vous placerait une condamnation de l'accusé ! Tenaillé par le doute, frère jumeau du remords, vous finirez par espérer la mort de Milena. Cette blonde évanescente hantera vos nuits. Chaque soir, après le verdict, vous murmurerez dans vos lits d'insomnie : pourvu qu'elle soit décédée la belle enfant, sinon... Sinon vous aurez envoyé un innocent paumé en enfer ad vitam æternam.

Le ténor du barreau, vraie basse et faux baryton, s'arrête et lâche.

– Vous pouvez éviter ça. Par l'acquittement. Je vous y incite. C'est mon rôle, c'est votre salut.

Comme la putain de Jean-Paul Sartre, la salle devient respectueuse. Stacko gagne au moins le droit d'être écouté. Entendu ? Lorsque, suant et fourbu, l'avocat se rassied, le président Potest s'adresse sèchement à Giacometti.

– Avez-vous quelque chose à ajouter pour votre défense, monsieur ?

Monsieur ? Le président m'appelle « monsieur », moi Giacometti, matricule 54-46 à la maison d'arrêt. L'attention mérite réponse. Comme c'est drôle. Tapoter d'un doigt le micro fait courir un frisson d'incrédulité dans le public. Ostensiblement, je leur tourne le dos sans trop savoir quoi raconter. Et si Stacko obtenait l'acquittement ? Cochon de plaideur, il ne s'est pas trop mal débrouillé.

– Je voudrais dire, m'entends-je soudain affirmer comme si ma voix provenait d'une lessiveuse, je voudrais dire que monsieur le procureur autant que mon avocat ont chacun proféré quelques vérités. Oui, je suis, ou plutôt j'étais, une fripouille, une caricature de notable véreux dont la fortune, comme tant d'autres dans cette ville, s'est bâtie sous la table. N'espérez pas de moi une liste de noms, une décimation verbale de quelques têtes parfois présentes dans cette salle. J'ai été. Je suis. Mais je ne trahirai pas le secret maçonnique.

Par instant, ma gorge me fait l'effet d'une queue de piano ouverte. Les marteaux cognent sur les cordes vocales au point qu'il me faut poser un doigt à la base du cou dans l'espoir d'étouffer une vibration stridente.

– Avez-vous terminé ou souhaitez-vous poursuivre, monsieur Giacometti ?, interroge le président.

– Effectivement, cette affaire n'est que l'aboutissement de basses combines initiées entre frères maçons. Milena m'a été offerte en récompense, une rétro-commission, disait-on dans notre langage, d'un marché conclu à la suite d'une reprise d'entreprise au bord de la faillite. Avant elle, il y en avait eu d'autres. De très nombreuses autres. Pour une heure, une nuit, quelques jours... Mais avec Milena, ce fut différent. Je l'aimais. Nous nous aimions. Ce qui effectivement n'exclut pas le crime, me direz-vous... Aujourd'hui, en son absence, la vie ne possède plus aucun sens. Maître Stacko l'a assez bien traduit.

Ma voix me revient aux oreilles par une sorte de canal occipital... Étrange sensation. Comme si ces mois de silence avaient ouvert dans mon crâne d'autres voies par où s'échappent les syllabes.

– Je vous en prie, invite Potest avec un geste de la main tout en rondeur.

– Née des forces du mal, notre histoire ne pouvait que périr par la force du mal, une nuit de pleine lune. Depuis le premier jour, Satan conduisait le bal où Milena aurait fait une si belle mariée... Il est descendu de ses montagnes noires, qui sais-je, un Oustachi ou peut-être un tueur de la bande à, comment s'appelait-il ?, Arkan ? C'est ça... Ces gens portent la mort en sautoir. Les avez-vous vus s'étriper, violer au prétexte, pour nous Occidentaux, de la religion ou de l'ethnie ? Conneries ! C'est l'argent qui les rend fous. Fous de haine. L'argent de la drogue, l'argent des armes, l'argent des putains, l'argent... De tout, ils veulent de l'argent. Pour l'argent, ils achèteraient l'enfer au prix des Champs-Élysées. Tous. Même ceux qui vous tirent des larmes de pitié. Il faut être l'envoyé du diable dans un complot ourdi au plus profond des ténèbres internationales et qui dépasse les compétences de votre justice pour avoir ainsi supprimé Milena. Une croix de Malte scintillait sur sa poitrine, il sifflotait cette marche funèbre. Oh, oh, jusqu'à la fin de mes jours, j'entendrai l'air. Monsieur le président, lorsqu'on a vu le poignard de la vengeance briller dans le gant de la malédiction, le sang gicler du cœur de sa bien-aimée et ensuite, comment dire, les manipulations d'alchimiste pour faire évaporer le corps, on s'estime heureux en cellule... Une douche hebdomadaire vaut mieux qu'un dernier bain de minuit...

– Pouvez-vous préciser ces éléments ?

Je me retrouve assis avec une sensation d'écho qui tourbillonne sous mon crâne. Stacko se lève, me jette un œil apitoyé puis se tourne vers la Cour, bras ouverts. Sur son profil, se lit la certitude muette de ma folie.

CHAPITRE 9

– La Cour se retire pour délibérer.

La formule met en branle les jambes variqueuses de l'huissier, le grincement des fauteuils et des bancs. Altier, le président Potest sort le premier, suivi de ses assesseurs puis des membres du jury. Dans la salle libérée on soulage les paquets de cigarettes, on époussette les revers, se rajustant en gestes ankylosés. Chacun prend son rang dans la file puis gagne la porte, la franchit et goûte le paradoxal repos de la station debout. Le hall ressemble soudain au Pathé Palace après la première de *Autant en emporte le vent*. Les regards se croisent, enflés de trop de spectacle mais complices d'avoir vécu l'événement à l'unisson. Le moment permet de sourire à des inconnus. Ou à d'autres.

Les appliques ornant les colonnades éclairent chichement la foule, qui va et vient dans le hall comme un bateau ivre. Personne ne part. On marche pour se délasser. Sauf Savary qui, en route vers l'ascenceur, se trouve par hasard face à Stacko. À un bref empêchement succèdent le haussement de sourcil chez l'un, le rictus gêné de l'autre.

– Joliment plaidé, maître, dégaine Savary. Mais pour une mauvaise cause...

– Mal requis ou pas, monsieur, vous l'emporterez, répond l'avocat, amer.

– J'y compte bien, se satisfait le procureur.

Les poings au fond des poches, Stacko revoit dans un éclair le visage émacié de son client. Giacometti possède une mélancolie contagieuse. La hargne aussi.

– Vous autres de la justice décrochez des victoires à la Pyrrhus, persifle-t-il soudain. Résultat des courses : une morte qui ne ressuscitera pas pour autant, un barjot enchristé, une vie gâchée...

– Et vous, enfant de Cicéron, oubliez-vous que..

– Ciao !, coupe Stacko, filant à l'opposé comme un vent givrant.

« Ce Klingon en robe et collerette ne saura jamais parler la langue des humains. Limitée à celle des magistrats : on lui ouvre son cœur, il entame un concours de citations... Mérite de finir la conversation avec mon cul tourné », remâche l'avocat.

Dépité, Savary gagne le premier étage et s'enferme dans son cabinet. S'affale comme les voiles d'un trois-mâts dans le siège en cuir aux bras de plastique. Éreinté par son stress carriériste, il tire sur un fil. La fiche téléphonique saute hors de sa prise murale. Repos, soldat... Bientôt général, complète-t-il en reposant sa tête sur ses avant-bras croisés à plat. Au milieu des papiers épars sur le rectangle de verre recouvrant son bureau, le magistrat s'endort. Du sommeil du juste ou juste de sommeil.

La ligne d'horizon portant une barbe de deux jours sent la neige. Dans la pénombre, Bernard Graphite traverse la place centrale au pas du laboureur, à peine dérangé par la morsure hivernale. La clochette familière de la brasserie ne lui réchauffe pas plus le cœur que l'accueil de son frère Pierre, bedaine soudée au comptoir et pouce à l'anse d'une chope.

– Ciel, son mari ! Reloque-toi, la cantinière !

Occupée à briquer le percolateur, madame Graphite hausse les épaules.

– T'as l'air patraque, mon Bernard ? constate-t-elle faussement détachée.

Sans broncher, le patron contourne le bar, attrape un verre à pied et l'enfonce contre le doseur à ressort bouchant un jéroboam renversé de poire Williams. Engloutissant d'un trait quinze centilitres de bonheur tiède, il répète l'opération, grave et silencieux.

– Tu fais comme Giacometti, tu causes pu' ?, essaie Pierre.

– Si, justement, l'accusé ouvre son clapoir !, toussote Bernard entre deux gorgées.

Il rosit, pâlit puis, du bout des lèvres au bord du verre, laisse poindre un doute.

– Paraît que lui et la victime s'aimaient d'amour...

– Ah bon ?, s'étonne habilement madame Graphite, qui ne rate jamais un épisode de *La Clinique des amants*.

– Oui, et j'y crois, personnellement !, assène le Graphite en chef. Quand même plus plausible qu'un rapt international, non ?

L'autre, pinçant la bouche, adopte cette mine sceptique qui a le don d'irriter Bernard. Celui-ci, élevant la voix, retrouve la formule magique de leur enfance.

– Dis donc, Pierrot, respire et réflèche ! Giacometti, tu l'as vu pratiquer dans ton hôtel avec ses mousmés... Un enlèvement, des viols, ça te défrise pas ? Faut pas pousser Mamie Nova dans le pot de confiote !

Pierre acquiesce, battant un instant en retraite. Puis, malicieux, lâche, comme si une queue fourchue lui titillait les narines :

– Puisqu'il a recouvré l'usage des cordes vocales, notre ami, l'a espliqué le pourquoi du comment qu'il avait dézinguée sa langouste ?

Bernard souffle une haleine à soulever le cœur d'un éthylomètre. Il sait pertinemment que Pierre a suivi le procès à la radio. Depuis qu'il lui a offert le Sony double enceinte pour Noël voici cinq ans, le curseur ne quitte France-Info que pour rejoindre, rarement, Nostalgie. À quoi bon discuter ? Après tout, il avait besoin d'un alcool fort et d'un brin de réconfort. Et ils sont là.

– Putain, c'est pas si simple, reprend le restaurateur résigné et apaisé. Sacré procès. Je peux te le dire, je suis dedans depuis ce matin, depuis la page un... Eh ben j'y vois plus clair du tout.

– Normal, rigole Pierre, tu pédales dans le yougorth ! Songeur, Bernard appuie une nouvelle fois sur le doseur.

François Mitterrand, président décédé de la République française moribonde, approche ses mains racornies des aréoles soudain fermes de Milena. « Par Jean Moulin, je bande encore », fait-il au général de Gaulle, raide dans ses chausses. Nue, Milena ondule une croupe obscène, multipliant les clins d'œil lascifs aux chefs d'État. La voix de cygne enroué de Mme Savary retentit soudain comme une cloche au matin de Pâques.

– Une honte pour la France ! Une honte !

Savary s'éveille au martèlement de battements cardiaques désordonnés. Son coude brûle, sa main se glace, constate-t-il en tentant de recoller les morceaux d'un rêve étrange.

Y avait-il Mitterrand ? Et qui d'autre ? Peu importe... Ce petit somme l'a reconstruit. Il s'étire, époussette ses manches et rebranche machinalement le téléphone. Une sonnerie retentit aussitôt, le faisant sursauter. Et blêmir à l'écouteur.

– Mes respects, monsieur le procureur général !, bafouille-t-il encore ensuqué.

– Je viens aux nouvelles, cher collègue, car notre procès d'assises bouleverse les locataires du gai d'Orsay, fait la voix impérieuse du patron de Savary.

– Le gaidorsay ?

– L'appellation de la Chancellerie pour ces diplomates surtout soucieux d'élargir le cercle de leurs amis, plaisante hypocritement le procureur général, avant d'ajouter, sincère : il paraît que Stacko a marqué des points à l'audience.

Le temps suspend son rase-mottes. La réponse tarde. Savary avale sa salive et lance :

– Aucune inquiétude quant à moi. J'ai convaincu les jurés et Potest les tient.

– Il le faut, Savary, il le faut, insiste l'interlocuteur. Confidentiellement, la G.G.E vend actuellement deux lignes de métro automatique aux Yougoslaves... Plus les rails, le légendaire savoir-faire de nos coûteux ingénieurs et la TVA. Enfin, sauf incident majeur entre États signataires, voyez-vous ?

Deux banalités plus tard, les magistrats raccrochent, à demi rassurés. D'un côté de la ligne, le procureur général craint que son imbécile de subordonné ait raté la marche. De l'autre, on songe à une mise « tapis » au poker : fort à gagner ou tout à perdre. Transpirant, Savary se sent à nouveau emporté par une vague sommeilleuse. Il s'étale sur le bureau, tête appuyée sur le bras gauche, et ses paupières le plombent bientôt jusqu'en fond de cercueil d'un somme réparateur.

Agitée de l'intérieur comme un intestin d'alcoolique, la salle des pas perdus vomit son monde sur le parvis ou dans les couloirs. « Pas venu au Palais depuis mon divorce, en 75 ! », « Ils ont refait l'architecture, non ? » s'esbaudissent des badauds. « Tu crois, m'man, que l'assurance marchera si je me suis fêlé le coccyx », gémit Pierre-Antoine Savary en se massant les fesses. Sa mère le presse de rentrer à la maison avec l'espoir qu'un verdict favorable, un verdict rouge, fera oublier au père la gaucherie de son fils. À califourchon sur une rambarde de pierre blanche, un solitaire essaie une réussite à deux pas d'Azoulay, debout, absorbé par la lecture du dernier numéro de *Point Net*. Comme perdue et anonyme, la pourtant célèbre madame Kolina, epsilonesque mais essentielle, boit un café lavasse tiré d'un improbable automate, en compagnie d'un garde du corps cultivant l'air de s'en foutre. À l'écart de la foule l'assureur Jean-Louis Faucheux, ami isolé de l'accusé, la fixe d'un regard grisâtre, les mains glissées en poches. Au sein de cette assemblée hétéroclite, un regard d'homme croise une femme qui le cherche. Stacko, fauve en rut, bondit sur sa proie.

– Comment tu m'as trouvé ?, fait-il en effleurant la joue de la journaliste.

– Ben, en furetant çà et là, hésite-t-elle.

– Non, je veux dire, ma plaidoirie ?

– Oh, tip-top. Mortellement pro !

Un pur fantasme de cadre sup. Pas plus de vingt-cinq mots échangés, et, par les yeux, le corps, l'attitude, faire comprendre, faire céder... Avec elle ça devrait fonctionner. Stacko la fixe ardemment, une flammèche de désir dans l'iris. Puis l'entraîne par le bras.

– Attends, attends, attends, rit-elle en stoppant le mouvement...

« Faudra peut-être plus de vingt-cinq mots », craint soudain Stacko.

– Où on va ?, poursuit-elle, faussement effarouchée.

Pas tellement plus de mots, à tout compter.

– N'importe où pourvu qu'on y soit seuls, résume Stacko en reprenant sa course.

Au bout du couloir C une porte ouvre sur la chambre du conseil, bibliothèque tapissée de volumes richement reliés et nantie d'une massive table de travail en hêtre. La pièce aux lambris exotiques, parquet ciré et tapis russe en laine pourpre jouit de l'apparat dont la justice ne saurait se priver. La solennité du lieu n'impressionne pourtant pas la journaliste lorsque l'avocat la pousse à l'intérieur.

– À quoi ça sert ici ?, questionne-t-elle, amazone appuyée au bureau central, cliché du face-à-face Bardot-Gabin dans *En cas de malheur*.

– D'habitude, des recherches juridiques, murmure Stacko, fouillant ces lèvres curieuses d'une langue dardée.

Le même néon pisseux dégouline sur la souricière. Je suis là, assis à la même place qu'à midi, menotté entre les deux mêmes gardiens. Rares sont les lieux où l'on possède l'absolue certitude de poser les fesses pour la dernière fois... Le jeune flic tire de sa vareuse une barre chocolatée tandis que l'autre, paquet de tabac entre les dents, roule une cigarette.

– À ton avis, mâchonne le premier, un œil sur sa montre, on demande une relève ?

– Pas la peine. L'président a six questions à poser aux jurés. Dix minutes par question, juste le temps du tour de table et que le greffier note les réponses. On s'ra chez nous pou' la soupe !

Cette sensation de constituer désormais un élément diaphane du décors me propulse au-delà du verdict, tel un promeneur égaré, assis à califourchon sur la glissière centrale d'une autoroute fantôme. Que je me jette sous une bagnole ne perturbera même pas la circulation. On a déjà vu des dizaines de conducteurs écrabouiller ainsi un inconnu et même le propulser d'une voie à l'autre, sans qu'aucun d'entre eux ne s'en émeuve. Arrivés à la maison, ils lâchent à leur femme, « Tiens, j'ai dû cogner un truc en rentrant. Faudra que je regarde demain matin, s'il y a une trace sur le bas de caisse ». Les flux contradictoires de la vie continueront sans moi. Jusqu'à présent, le pouvoir de nuisance que me prêtaient certains, craignant que je déballe leurs secrets faisandés, me conférait inconsciemment l'illusion d'exister. Il n'en est plus rien. Un peu tard pour m'en plaindre. N'empêche qu'à l'heure de les avaler, les vingt ans de réclusion criminelle annoncés possèdent un goût saumâtre. Un homme ne se sent réellement exclu de la société qu'une fois le rideau de fer tombé sur cette foutue présomption d'innocence. Même dans mon cas. Et le doute ne profite pas à l'accusé au sens communément admis. Il lui octroie seulement, jusqu'au verdict, l'illusion ténue de flotter à l'intérieur d'un cauchemar. Ensuite seulement, émerge la matérialité de celui-ci. Si je ne regrette pas mon système de défense, s'insinue l'incertitude d'assumer cette stratégie dictée par le désir de vivre. Ne serait-ce pas plutôt une lâcheté devant le suicide ? Pour sauver ma peau, me voilà condamné à patienter sur cette foutue glissière entre deux voies d'indifférence.

– Toi aussi, Giacometti, tu s'ras à l'heure à la soupe, ricane le vieux flic au moment où une dégringolade de cendres macule le revers de son blouson. Et ce s'ra plutôt l'bouillon de onze heures !

– Fous-lui donc la paix !

– Si tu veux mon avis, l'aurait mieux fait d'continuer à la boucler. À jouer comme ça, à moitié l'tabayeau, i' va s'en r'prendre une louche de quèques années d'plus.

Coudes piqués aux genoux, sans cesser de grignoter, son acolyte lève une paupière perplexe.

– Tu vas pas me croire, mais moi, je parie que l'avocat l'aura son acquittement. T'enverrais, toi, un gars en cabane jusqu'à perpète sans cadavre ?

– Hé, j'me gênerais ! Lui, i' m'fait penser à Bonnin...

– Bonnin, l'ancien commissaire ?

– Exact, Bonnin qui s'en foutait plein les fouilles avec les putes du routier. Ben, au procès, l'a rien dit et mouillé personne. Et tu sais pourquoi ?

– Sûrement du beau linge dans l'coup ?

– Pas seul'ment. L'avait mis assez de pépètes à gauche pour voir v'nir. Sûrement dans un d'leurs paradis fiscaux... Question d'voir v'nir, lui, là, va lui falloir des jumelles !

Et ces deux pedzouilles illuminés par un regard en coulisse, ricanent à la façon d'un bandonéon à bout de souffle. Tout à l'heure, ils réintégreront leurs chaussons, leur télé, leur bonne femme en chemise de nuit, comblés par une vie certes de deuxième main mais une vie en plein air. À leurs yeux, j'incarne l'éphémère et idéal exutoire à des années de rancœur envers cette caste qu'ils espéraient depuis si longtemps épingler, ne serait-ce que pour un feu rouge grillé. Convoyer le monstre Giacometti, voilà qui compte dans une carrière ! Dès ce soir, en avant-première, ils astiqueront leur gloriole devant la tablée familiale en perspective du vrai spectacle, demain, auprès des collègues du commissariat. Autant m'offrir un dernier plaisir, gâcher leur soirée et, qui sait, alimenter la rumeur pendant quelques mois.

– Vous n'auriez pas le journal, je fais, coupant court à leurs soupirs de bonne humeur. Pas eu le temps de regarder les cours de la Bourse ce matin...

La nuque du plus âgé prend une gîte arrière comme pour accommoder une subite myopie à l'irruption d'une créature venue de l'espace. Il lisse sa moustache d'un revers de pouce puis, lèvres en cul de poule, postillonne un embarras évident.

– Pfuuuuu... La Bourse ? Mais t'as d'jà perdu ta culotte avec la Milena...

– Vous ne savez pas si le lingot se maintient ?, je poursuis, insensible à la blague qui allume leurs pupilles d'une gaieté lacrymale.

En veine d'humour, le jeune flic marmonne que des lingots, oui, des petits lingots, j'ai pas fini d'en bouffer. Et façon de se faire comprendre, ponctue la blague par une onomatopée de pétomane... Il en faudrait davantage pour stopper un irrépressible besoin de faire savoir à cette paire de clowns et, par ricochet, au reste de la ville, que, moi aussi, Giacometti, fossoyeur local de canards boiteux, je pouvais me lancer dans une entreprise qui, lorsqu'elle s'ébruitera, les laissera tous comme deux ronds de flan.

– L'or, ça vaut une assurance-vie, je soliloque, concentré sur la pointe de mes chaussures. L'or a toujours fait bander les hommes. Davantage encore les femmes...

Derrière la fumée de la cigarette roulée, je les sens suspendus à cette amorce de confession à moins que le son de ma voix les étonne encore. Dans un silence lourd d'interrogations, lard ou cochon ?, ils m'observent avec la prémonition d'emporter ce soir la clef de l'énigme planquée sous leur casquette plate.

– Finalement, dans la tenue, vous êtes plus futés que vos collègues de la police judiciaire, je persiste, sans leur laisser le temps de dire ouf. Et surtout que cette andouille de juge d'instruction...

– Pas souvent qu'on a c'genre d'compliment, médite le plus âgé avec un bombé du buste. V'nant d'vot' part, j'sais pas trop comment l'prendre...

– Je suis sûr que vous avez entendu parler du trésor de Ceaucescu... Eux, ils en avaient mis à gauche, les Ceaucescu ! Des tableaux, des diamants, des valises de dollars, des caisses de lingots et de pièces... Et moi, grâce à Milena, je connais une planque... Deux cantines bourrées de lingots, j'ai vu. Comme dans les films. Je les ai même touchés. Enfin, pas touchés, caressés. Les malfrats qui les ont récupérés se trouvaient voilà encore pas si longtemps à Belgrade. Aucune importance si vous ne me croyez pas... Il fallait simplement faire sortir ce pactole du pays avant que le gang de Milosevic mette le grapin dessus, et être en cheville avec un banquier suisse pas trop regardant. Moi, j'avais les connections. Je me souviens de ce hangar où on m'a conduit une nuit, une sorte de bowling désaffecté, gardé par des vigiles armés de mitraillettes. Cinq mille marks ça m'a coûté, rien que pour voir, sans compter les vigiles à arroser sur place. Mais le jeu en valait la chandelle. Deux pleines caisses d'or. Et pas du toc. ' pensez bien que j'ai prélevé un échantillon. Demandez à Poirier, le bijoutier de la rue des Halles. Il vous le confirmera. De l'or en barre. Du premier choix question émotion parce que, hein, vous vous en doutez, pas des enfants de chœur, ces gars-là... Là, on se sent vivre. Autre chose que de compter les chaises dans une entreprise en liquidation ! Bon Dieu, il y a eu des moments où j'ai cru y passer ! Pour l'or, pas trop de problème... Et lorsque j'y suis retourné, ils m'ont proposé une cantine supplémentaire bourrée de billets de cinquante dollars portant, eux, une sorte de tampon à l'effigie des Ceaucescu. Ça vous la coupe, hein ?

– Hummmm.

– Hummmm.

– ' suffisait de se procurer un détachant russe, un produit utilisé autrefois par le KGB. J'ai casqué. Cher, j'en conviens, mais l'ensemble pour trois millions de francs, c'était cadeau. Surtout que je venais de ramasser la moitié de la somme en dessous-de-table sur la reprise des supermarchés Lormont, vous savez, ceux qui s'appellent maintenant 8/22...

– Ben, mon colon, opine le flic. J'comprends que t'aies bouclé ton clairon. T'as d'quoi voir v'nir...

– Hé, ne me faites pas dire que ce que je n'ai jamais dit...

– Pas à un vieux singe que t'apprendras à faire la grimace !

Dans la bibliothèque du palais de Justice, la fesse meurtrie par l'angle saillant de la table, la journaliste de Tévé Une ploie sous l'assaut, coudes plantés sur le plateau de cuir vert. S'offre aux caresses, l'intérieur des cuisses électrisé par la paume qui y patine. Stacko, fiévreux, s'étonne puis se réjouit de ne rien rencontrer d'autre sous le plissé de la jupe que le voile synthétique du collant. Passant par la ceinture, il chatouille une frisure humide – déjà !

Sa main s'attarde auprès de la fente moite, longe le pubis à bâbord, puis, glissant sur le galbe de la hanche, remonte sous le corsage en effleurant un flanc harmonieux. À bout de souffle, elle empoigne le mât dressé de son explorateur à travers le lin du pantalon. Roulant au fond du soutien-gorge un téton déjà érigé sous la pulpe du pouce et de l'index, il provoque une tempête en va-et-vient sur sa trique à angle vif. La blonde qui connaît la musique de chambre, l'enveloppe d'une paume, cajole, soupèse, astique puis, s'arrête, ouvre la braguette d'où jaillit une torpille au gland violacé. Le collant disparaît par magie.

Guidée par les doigts fureteurs de sa sirène, la quille de Stacko trouve l'ouverture, s'engouffre et s'épanouit entre les parois poisseuses, la faisant rugir d'un bonheur en partance sur la grande marée. « Hé, pas si fort ! », siffle l'avocat pourtant fier de la percée. Le coup méritait patience. Son membre ne lui a jamais paru si gorgé de vie.

Emplie, pelote de nerfs à vif, la blonde glisse à plat

dos sur la table, arc-boutée autour du levier. Il pousse l'avantage, cogne, cogne, bourre et bourre et ratatouille à la porte grande ouverte des lèvres épanouies en un glaïeul de chair sanguine. Les ongles de la journaliste ravagent soudain les hanches de son amant avec pour effet de le planter, brutal, au tréfonds de ce ventre parcouru par les spasmes du désir. Fendue, elle se sent fendue et, de son âme, s'envole la litanie foutrale des filles satellisées autour de Vénus. « Nom de Dieu, elle va ameuter la moitié du Palais ! » s'inquiète Stacko sans cesser le pilonnage de ce mortier douillet et bouillant. À chaque mouvement, elle rugit, ha, ho, non, ouiii, 'core, d'un bonheur rustique... Un sein refoulé hors du bonnet de dentelle noire navigue à vue sur la houle d'une respiration dératée. Dépoitraillée, la perruche se tortille, embrochée à la hussarde, ses jambes en tenaille à la taille du mâle. Du talon, elle lui tambourine les fesses comme pour accélérer une soumission aux reins qui la brisent. Dans la pénombre, luit un filet de salive aux lèvres de la fille qui le balaye d'une langue pointue. Alors l'engin grandit encore tandis qu'un flot de sueur lui inonde les aisselles. Pupilles embrumées, Stacko s'attarde sur un recueil de jurisprudence. La braguette humide de sécrétions, les oreilles bercées par des glapissements à présent furieux – huiiiii, huiiiii, cooooore –, il sent poindre l'irrémédiable jaillissement. Et le retarde en déchiffrant les inscriptions sur les tranches des bouquins alignés. Mais le balancement de leurs corps siamois s'accentue en voluptueuses saccades. La sève monte, la tige se crispe, les râles redoublent. Soudain secoués de convulsions liquides, ils succombent ensemble aux flots discontinus de l'orgasme qui les submerge. Finissent fourbus. Suit un silence, puis un rire nerveux s'empare de Stacko, l'esprit imprégné des mots gravés sur les reliures et virevoltant dans son crâne plein d'étincelles : « Bulletin criminel, Cassation 1987. » Jouissif ! « Avec Dalloz, j'ose ! » improvise son esprit. La blonde se calme. Se dresse, inspire, expire. Puis, à la surprise de l'avocat, elle se penche et plaque son ventre sur une chaise de velours rouge.

– Prends-moi encore et encore, refais-le-moi, pleeeeease, please !

D'unc main elle chasse de son fessier dénudé le volant arrière d'une jupe qu'elle rabat sur ses reins. Saillent deux girondes demi-mappemondes, à peine atteintes du syndrome de la goutte d'huile. Sur fond grenat, on en mangerait.

– Par le cul, chéri, allez fourre ! ordonne la gourmande.

– J'espère que les jurés prennent leur temps, songe Stacko, anxieux mais déjà ragaillardi d'une prometteuse demi-molle.

CHAPITRE 10

Le délibéré s'éternise. Foulé par des centaines de pieds éreintés, le palais de justice n'est plus qu'une carcasse moite, enclos bruissant de mots volatils et pas perdus. Des heures que la foule, les paroles, vont et virent en petits tours de patience. Une ville babillarde trépigne, accrochée à l'instant, semblable à un poulailler industriel en retard d'une incubation. Crêtes tombantes ou ergots dressés, picorant de-ci de-là, la volaille caquète sous les regards ombrageux des poulets en faction devant la salle d'audience. Mais la couvaison s'éternise, l'éclosion tarde.

En somme, neuf jurés et trois juges cloîtrés à deux pas prennent en otage une assemblée de voyeurs. Sans arme et sans parler. Et leur silence alimente à l'infini d'inconsistants bavardages. À mesure que le temps s'étire, les conversations épuisent leurs sujets. Ainsi, l'hypothétique verdict court une fois encore sur les lèvres, celles des naïfs, « Giacometti sera-t-il acquitté ? », des sceptiques, « Impossible ! » ou des cyniques « Trois plombes pour décider de vingt ans, pas si long ».

Une sonnerie déchire l'air saturé des haleines entremêlées, soudain confites. Remisant un téléphone portable, Azoulay se dirige vers l'accès latéral réservé à la presse. Les larges portes de bois grincent sur leurs gonds d'acier rouillé, à l'intérieur l'huissier rallume. Une vague d'automates s'abat sur les bancs. Muets, jouets téléguidés, tous se rangent à leur place. Un policier à l'uniforme chiffonné désentrave l'accusé puis, de l'index, lui indique de demeurer debout. Bien vite assis, yeux écarquillés tandis que les magistrats s'assoient, le public sous haute tension attend la sentence d'Antoine Potest.

– La Cour rend son verdict, commence tout bas le président en conférencier aguerri.

Derrière son pupitre, Stacko se tient tête basse, sourcils froncés, signe d'intense concentration, mais s'assure en douce du boutonnage complet de sa robe d'avocat. Savary déglutit. À l'aplomb du tableau figurant le roi Salomon, Potest droit comme un pilier de porphyre égrène gravement les réponses aux questions. Coupable de séquestration ? Oui... Homicide volontaire ? Affirmatif. Et l'espoir d'acquittement qui surnageait dans quelques esprits s'échoue, brisé par des lames de pensées résignées. Des mots maintenant durs et acérés s'échappent la bouche de Potest. Graphite regrette de ne pas avoir avalé trois poires de mieux. Une pour la soif, l'autre pour la route, la der des der à la santé de Giacometti. « On le reverra perclus, torché par ses dernières années de centrale passées à jouer des poings pour défendre l'entrée de son anus artificiel », pressent l'artiste du comptoir.

– Nous y sommes, songe Savary en dévissant le capuchon de son Mont-Blanc à pompe, mécaniquement prêt à noter ce qu'il ne risque pourtant pas d'oublier.

– En conséquence, proclame Potest, la Cour condamne l'accusé à la peine de trente années de réclusion criminelle, assortie d'une période incompressible de vingt ans...

Deux bribes de phrase qui sifflent dans la lumière répandue par le lustre inoxydable, comme le couperet d'une guillotine dans un reflet solaire. Et tranchent une vie en deux, envoyant la moitié à Saint-Maur, Varennes-le-Grand, Loos-les-Lille ou Lannemezan. Savary souriant, lève les yeux au ciel sans plus masquer son soulagement. Il détend ses phalanges et cesse de remplir le registre de transfèrement.

« Leurs lambris précieux, l'estrade démesurée sur laquelle ils trônent, la chaire d'acajou du proc' et le cuir des fauteuils, je vais finir par y foutre le feu », songe spontanément Stacko en risquant un regard vers son dément de client.

Trente ans... Il y a eu une guerre de Trente Ans, si ma mémoire tient la distance. Trente ans, c'est combien ?, une génération, quatre présidents de la République, sept Jeux olympiques et autant de coupes du monde de foot. De derrière les hauts murs, je sortirai arrière-grand-père. Où étais-je, il y a trente ans ? Au lycée certainement. La perspective de cette éternité pénètre mon corps à la manière d'une herse de glace, le gong des années s'égrène en vibrations métalliques au long de ma colonne. Douze ou quinze ans de réclusion, j'en aurais accepté le compromis. Une telle sentence m'aurait fait oublier des tueurs sans abolir l'espoir de respirer un autre air que celui du chemin conduisant au cimetière. Stacko me fixe avec, aux lèvres, un résidu de pitié. Qu'attendent-ils pour applaudir, brandir des banderolles, faire la ola, une haie d'honneur aux jurés ? Bande d'endives, n'avez-vous donc rien compris ? Estimez-vous le châtiment insuffisant ? Que signifie cette chape de silence ? La chaise électrique place du Palais, ma tête au bout d'une pique, les travaux forcés, l'île du Diable, une lapidation sur ordre du président. Dépassés par leur lâcheté, certains esquissent un bâillement d'excuse. Un procès, d'accord, le linge sale à la rigueur mais une happy end, merde quoi, Giacometti, tu vas nous gâcher la soirée, peut-être même la nuit avec ta tête de cochon. Allez, dis quelque chose, que tu ne nous en veux pas, qu'il s'agit d'une erreur, d'une fausse donne. Battons les cartes et repartons à zéro. Giacometti, s'il te plaît, offre-nous le soupçon plutôt que cette certitude bâtarde alimentée par un insupportable mutisme. Les martyrs ne ravissent que les musulmans. Sois un héros, un vrai chrétien, vas-y, Blandine, bouffe les lions !

À ma droite, le flic se racle la gorge, interrogeant la Cour d'un battement de cils. Aussitôt, la paire de menottes tintinabule et par un réflexe incontrôlé ma main se cramponne au micro.

– Que l'on retranche une minute aux trente ans de réclusion criminelle si le condamné souhaite s'exprimer, grogne Potest.

Une minute, une minute ? Comment exprimer en si

peu de temps une procession d'horreurs qui mériteraient un autre vocabulaire que celui d'un mandataire-liquidateur ? Les phrases demeurent suspendues entre mes dents, lèvres entrouvertes sur la boule argentée du micro. L'acier polaire du premier bracelet se referme sur mon poignet, cliquetis d'un mortel compte à rebours. Et les explications remontent en une obscène brassée de vérité.

– Trop tard, il est certainement trop tard, mais vous ne me laissez pas le choix, m'entends-je aboyer. Trente ans ou la mort, quelle différence ? Quitte à finir avec une balle dans la tête, autant désigner les vrais coupables. Sinon, dans trente ans, le garde des Sceaux fera son mea culpa, ordonnera une enquête et promettra des sanctions contre des magistrats en retraite !

La suite se dissout dans les brumes d'une colère maculée de désespoir dont l'écho me perce les tympans. Milena n'était pas n'importe qui, une personne certes tortueuse ou tordue à l'appréciation de chacun mais surtout têtue. Le mardi, jour où siège le tribunal de commerce, je terminais trop tard pour la rejoindre à Ploucastel. Depuis plusieurs semaines toutefois, les juges consulaires ronchonnaient contre un projet de loi visant à leur adjoindre un magistrat professionnel chargé de veiller à la régularité des décisions. Et ce mardi, peut-être vous en souvenez-vous ?, dans tout le pays, ils se mirent en grève. La séance se prolongea en palabres inutiles mais j'ai regagné mon étude en fin d'après-midi avec, derrière la tête, l'intention de faire une surprise à Milena. Je ne suis cependant arrivé à la villa qu'à la nuit tombée, prétextant effectivement auprès de ma femme une tenue maçonnique. La présence d'une Mercedes immatriculée en Allemagne, garée derrière la maison m'a surpris autant que l'absence de lumière à l'intérieur. Très inquiet, j'ai fait demi-tour afin de dissimuler ma voiture dans un chemin creux et de revenir à pied. La cuisine et le salon où elle se tenait le plus souvent baignaient dans l'obscurité mais une lueur, rapide, fuyante, celle d'une lampe torche, a transpercé la nuit. J'ai cru à une panne puis, immédiatement, les confidences de Milena m'ont brouillé l'esprit. Mon sang s'est glacé. Sans nul doute j'ai été lâche, d'autant plus lâche que son agonie s'est déroulée à quelques mètres de moi, tapi derrière un buisson d'épine noire. La porte d'entrée s'est ouverte et elle a surgi, échevelée, hurlant au secours avant d'être ceinturée par une ombre, un géant encagoulé qui tentait de la bâillonner. Milena lui a échappé une fraction de seconde mais il brandissait la torche et, de toutes ses forces, l'a frappée à la mâchoire. Les os ont craqué avec un grincement de polystyrène déchiqueté, Milena s'est effondrée à genoux après un râle de syphon avant que le tueur lui assène un autre coup à la tempe. Ne cherchez pas plus loin d'où vient la dent découverte au bas du perron... Ensuite, tout est allé très vite. La lame surgit dans le poing ganté du bourreau et la frappa au cœur. Pas un cri. Assommée, Milena ne s'est pas sentie mourir. Ah, vous vouliez connaître cette saloperie de vérité... Que personne ne sorte. Jusqu'à la lie vous la boirez de ma bouche. Parce que le crime ne se suffisait pas à lui-même. L'homme chargé du cadavre s'en est retourné dans la maison avant d'effectuer deux allers-retours jusqu'à la Mercedes pour y quérir un petit sac, certaitement cette quincaillerie sadomaso découverte par la PJ et des bidons en plastique. Oh non, ce n'était pas de l'essence. Plutôt un genre d'acide chlorydrique d'après ce que j'ai compris plus tard en lisant un vieux bouquins de chimie. Sur les coudes, je suis parvenu jusqu'à un soupirail du sous-sol que balayait la torche. Milena, pantin jeté dans, comment appelle-t-on ça ?, un bac de béton pour la lessive ?, un lavoir, voilà le mot. Il y a déversé les bidons et le produit s'est mis à fumer, à bouillonner. Ensuite ? Ne me demandez pas. J'ai fui. Vomi. Terrorisé à un point qu'aucun d'entre vous n'imagine. Cette seule évocation me déchire encore l'estomac de clous rouillés. Non seulement j'avais vu mais je connaissais les raisons d'un crime aussi atroce. Par Milena qui tirait les ficelles de notre rencontre après avoir appris, par hasard, qu'un homme d'affaires belge exigeait des prostituées en échange de services rendus à la pègre locale. Étudiante en journalisme et passionnée d'investigation, elle avait découvert le nom d'une boîte de nuit dans laquelle on recrutait ces jeunes femmes et même l'identité d'un rabatteur. S'infiltrer à l'intérieur du réseau, quitte à y subir les coups et les viols infligées à ces malheureuses, puis en faire un premier reportage explosif. Jusqu'au grain de sable. Comment cette aventurière, tout juste sortie d'une adolescence traumatisante, nourrie d'une haine tenace et qu'un seul objectif semblait animer, se serait-elle imaginée éperdument amoureuse d'un client ? Peut-être et même sûrement notre relation n'aurait duré qu'un temps, le temps que s'évapore la sainte trouille qu'éprouvait Milena. Oh, je connais suffisament les femmes pour avoir, plus d'une fois, craint que sortie de notre huis clos et riche de sa part, elle me quitte pour un autre, un jeune con flamboyant. Durant ces quelques mois cependant, elle fut amoureuse au point de me confier le plus terrible de ses secrets. Un secret mortel. Nous avons cru pouvoir leur échapper et fuir à l'autre bout du monde après avoir réalisé ensemble un ultime coup de fric. Illusion. Que le tueur soit venu ce mardi, jour où habituellement mes activités professionnelles me retenaient en ville, le prouve. D'importants moyens avaient été mis en place pour retrouver Milena, l'éliminer et faire disparaître toute trace de son existence.

D'où vient cette force qui soudain propulse mon bras droit tendu vers la salle, le poignet bagué des menottes qui bringuebalent ? Et l'index la désigne. Elle.

– Ah, la diva de l'humanitaire, l'héroïne de tout un peuple...

Un murmure incrédule enfle dans la salle noyée derrière mes larmes.

– Que faisait madame Kolina dans les camps du Kosovo hormis évaluer le volume de chair fraîche ? Milena avait surpris une conversation au cours de laquelle, vous, la « capo di capi » selon son expression, commandiez des prostituées pour cet homme d'affaires belge. Ensuite, au fil de ses investigations, avait émergé votre rôle de mère maquerelle en chef. Comment avez-vous retrouvé sa trace ? Par les réseaux maçonniques qui travaillent pour la pègre de Belgrade, Budapest ou Bucarest, pardi ! Elle vous haïssait mais moins fort qu'elle ne m'aimait. Oui, Isufi Kolina, vous avez fait éliminer votre propre fille ! Pourrie, salope !

« Une petite erreur judiciaire vaut mieux qu'un grand désordre. » Dans l'esprit du président Potest, la phrase de Goethe s'illumine.

Une fraction de seconde Isufi Kolina se lève, vacille, pâlit, la mine abasourdie. Elle fige soudain son visage dans une impassible expression. Dissimuler, encore et toujours. Règle d'or ! Réfréner l'émotion en fermant les canaux efférents, enfouir la haine sous la fixité des traits... À cet instant elle y parvient à peine, tant l'exécration emplit son être. Détruire, annihiler Giacometti, ici, maintenant. L'idée l'envahit. Comme Milena, peste désintégrée sur son ordre, il aurait fallu refroidir Giacometti, l'endotoxine de sa bactérie de fille. Son exécution fut d'ailleurs envisagée et il ne dut son salut qu'à une arrestation trop rapide par les flicards, mus par le zèle imbécile de magistrats qu'il fallut ensuite approcher, séduire... « Vermine occidentale ! Sais-tu bien qui tu dénonces, minable magouilleur de chiffres microscopiques, séducteur de roman de gare ? », enrage-t-elle intérieurement en concevant une médication extemporanée à sa façon, genre exsanguino-transfusion du cou dans une flaque de boue, avec ses testicules en sautoir, ou suspendus à l'oreille par la peau tranchée des couilles comme deux cerises en queue... Ce flash mental calme ses sens. Madame Kolina inspire par le ventre, et l'odeur rêvée du sang de l'autre nourrit et apaise ses glandes endocrinales. Et l'aide à revernir sa physionomie de cette glaçure floquée, seconde peau veloutée. Digne, elle ne frémit même pas en se rasseyant.

ÉPILOGUE

Deux semaines après le verdict, un sondage commandé par *La vie cathodique* et L'Observatoire de la justice pénale, dénombrera ceux qui croient l'accusé (quarante-sept pour cent), ceux qui récusent son récit (quarante-deux pour cent), outre cinq pour cent d'indécis. *The New York Times*, puis *Le Monde*, feront écho à l'indignation d'Isufi Kolina, vomissant « *une opinion française préférant croire les assassins plutôt que leurs victimes* ». Au 20 Heures de Tévé Une, maître Stacko expliquera avoir volontairement laissé expirer le délai d'appel, préférant intenter une action en révision du procès « *pour placer le ministre de la Justice face à ses responsabilités* ». Une stratégie osée et courageuse, écriront certains, tandis que d'autres fustigeront ce pari joué avec la peau d'un autre... Ernest Savary déclinera un poste de substitut général près la cour d'appel de Douai, et entrera comme juriste d'entreprise à la Générale du charbon et de l'acier, juste avant son divorce, d'ailleurs.

Aujourd'hui, son ex-femme vit en concubinage avec un membre de la Cour de cassation.

Giacometti entamera sa peine en centrale, ne sortira jamais en promenade, refusera l'atelier et tiendra bon en dépit de l'insistance de l'administration pénitentiaire. Quitter sa cellule s'avère périlleux pour qui a déversé une pleine minute de vérité dans un micro de salle d'audience. Il se distraira à la seule lecture des faits divers. En lisant notamment le papier de Michel Embareck sur la fuite en Amérique du Sud de l'assureur Jean-Louis Faucheux, flanqué de la capiteuse fondée de pouvoir d'une société mutualiste, et alourdi par la dizaine de millions d'euros détournés au préjudice de cet organisme après l'indemnisation des sinistrés de la dioxyne. Ou encore la série d'articles sur un marchand de biens tourangeau mis en examen par le juge d'instruction Laurent Lèguevaque pour « tentative d'importation frauduleuse de métaux précieux », en l'occurrence l'or de Caucescu. Un trésor fictif, une pure arnaque, criera-t-il au magistrat qui, las d'entendre les indélicats se prétendre victimes, l'enverra labourer la cour de la prison pour avoir voulu récolter la moisson du siècle en semant quelques grains de blé. Trois semaines seulement. La provisoire ne dure pas. Mais Giacometti passera surtout son temps à craindre l'ouverture de la porte de sa cellule. À rêver à Milena, souvent, à se masturber, parfois.

Le journaliste Azoulay a tenté un site Internet, puis écrit un livre sur le procès Giacometti. Un document où figure la composition détaillée de l'acide, à quatre-vingts pour cent chlorydrique, à quatre fois cinq pour cent composé d'éthoxyéthane, d'éthanoïque, d'éthylène diaminé-tétraacétique et de fluorure d'hydrogène, qui servit à dissoudre l'affriolant corps de poupée slave de Milena. Où s'affichait en frontispice l'organigramme du réseau de prostitution dirigé par madame Kolina, à l'Est, avec les identités de quelques francs-maçons complices à l'Ouest. Accueilli aussi fraîchement qu'un essai sur la pédophilie chez les évêques corses, aucun éditeur ne voudra de cette enquête que le journaliste recyclera en polar, *Gare à l'Est*, Série Noire oblige... Un critique inspiré lancera : « Si d'aventure vous le tenez entre vos mains innocentes, laissez tomber. »

posé d'ethnocentrisme, d'[illegible], d'[illegible] [illegible] et de théorie d'hybridité, qui servit à [illegible] l'[illegible] corps de noblesse slave de Milena. On s'attachait en frontispice l'organigramme du réseau de prostitution dirigé par madame Kouna, à l'Est, avec les identités de quelques francs-maçons corrompus à l'Ouest. Accueilli aussi fraîchement qu'un essai sur la pédophilie chez les évêques corses, aucun éditeur ne voudra de cette enquête que le journaliste recyclera en polar (*[illegible]*, Série Noire oblige...). Un critique [illegible] : « Si d'aventure vous le tenez entre vos mains innocentes, laissez tomber. »

DU MÊME AUTEUR

Aux Éditions Gallimard

Dans la collection Série Noire

LE ROSAIRE DE LA DOULEUR, n° 2613

LA MORT FAIT MAL, n° 2573 (Prix Marcel E. Grancher)

Chez d'autres éditeurs

CLOACA MAXIMA, L'Archipel, 1999 (Folio Policier n° 275 sous le titre *Dans la seringue*)

COCHON PENDU, Flammarion, 1994

UNE RUE À MA FENÊTRE, Balland, 1991

2-1 = 0, Lieu Commun, 1989 (Réédité sous le titre *À deux pas de nulle part*, L'Archipel, 2002)

SUR LA LIGNE BLANCHE, Autrement, 1985

Composition I.G.S.
Reproduit et achevé d'imprimer sur Roto-Page
par l'Imprimerie Floch à Mayenne
le 5 novembre 2002.
Dépôt légal : novembre 2002.
Numéro d'imprimeur : 55559.
ISBN 2-07-042574-6 / Imprimé en France.

14296